U0124822

喜欢自己所有的一切

胡适的包容人生课

胡适 著

贵州出版集团
贵州人民出版社

图书在版编目（CIP）数据

喜欢自己所有的一切 ： 胡适的包容人生课 / 胡适著． — 贵阳 ：
贵州人民出版社， 2023.12
ISBN 978-7-221-17790-2

Ⅰ．①喜… Ⅱ．①胡… Ⅲ．①散文集－中国－现代②
演讲－中国－现代－选集 Ⅳ．①I266

中国国家版本馆 CIP 数据核字（2023）第 155893 号

喜欢自己所有的一切：胡适的包容人生课

XIHUAN ZIJI SUOYOUDE YIQIE ：HUSHI DE BAORONG RENSHENGKE

胡适 / 著

出 版 人　朱文迅
策划编辑　郭予恒
责任编辑　蒋　莉
责任印制　李　静
出版发行　贵州出版集团　贵州人民出版社
地　　址　贵阳市观山湖区会展东路 SOHO 办公区 A 座
邮　　编　550081
印　　刷　大厂回族自治县德诚印务有限公司
开　　本　890mm×1240mm　1/32
印　　张　6
字　　数　110 千字
版次印次　2023 年 12 月第 1 版　2023 年 12 月第 1 次印刷
书　　号　ISBN 978-7-221-17790-2
定　　价　59.00 元

代序：“我的朋友”式的笑容

——忆胡适

季羡林

积八十年之经验，我认为，一个人生在世间，如果想有所成就，必须具备三个条件：才能、勤奋、机遇。行行皆然，人人皆然，概莫能外。别的人先不说了，只谈我自己。关于才能一项，再自谦也不能说自己是白痴。但是，自己并不是什么天才，这一点自知之明，我还是有的。谈到勤奋，我自认还能差强人意，用不着有什么愧怍之感。但是，我把重点放在第三项上：机遇。如果我一生还能算得上有些微成就的话，主要是靠机遇。机遇的内涵是十分复杂的，我只谈其中恩师一项。韩愈说：“古之学者必有师。师者，所以传道、授业、解惑也。”根据老师这三项任务，老师对学生都是有恩的。

然而，在我所知道的世界语言中，只有汉文把“恩”与“师”紧密地嵌在一起，成为一个不可分割的名词。这只能解释为中国人最懂得报师恩，为其他民族所望尘莫及的……

我在适之先生和锡予（汤用彤）先生领导下学习和工作，度过了一段毕生难忘的岁月。我同适之先生，虽然学术辈分不同，社会地位悬殊，想来接触是不会太多的。但是，实际上却不然，我们见面的机会非常多。他那一间在孑民堂前东屋里的狭窄简陋的校长办公室，我几乎是常客。作为系主任，我要向校长请示汇报工作，他主编报纸上的一个学术副刊，我又是撰稿者，所以免不了也常谈学术问题，最难能可贵的是他待人亲切和蔼，见什么人都是笑容满面，对教授是这样，对职员是这样，对学生是这样，对工友也是这样。从来没见他摆当时颇为流行的名人架子、教授架子。此外，在教授会上，在北大文科研究所的导师会上，在北京图书馆的评议会上，我们也时常有见面的机会。我作为一个年轻的后辈，在他面前，绝没有什么局促之感，经常如坐春风中。

适之先生是非常懂得幽默的，他绝不老气横秋，而是活泼有趣。有一件小事，我至今难忘。有一次召开教授会，杨振声先生新收得了一幅名贵的古画，为了想让大家共同欣赏，他把画带到了会上，打开铺在一张极大的桌子上，大家都啧啧称赞。这时适之先生忽然站了起来，走到桌前，把画卷了起来，做纳入袖中状，引得满堂大笑，喜气洋洋。

……

这一次，我来到台湾，前几天，在大会上听到主席李亦园院士的讲话，中间他讲到，适之先生晚年任“中央研究院”院长时，在下午饮茶的时候，他经常同年轻的研究人员坐在一起聊天。有一次，他说，做学问应该像北京大学的季羡林那样。我乍听之下，百感交集。这说明，适之先生一直到晚年还关注着我的学术研究。知己之感，油然而生……

我现在站在适之先生墓前，心中浮想联翩，上下五十年，纵横数千里，往事如云如烟，又历历如在目前。我环顾陵园，只见石阶整洁，盘旋而上，陵墓极雄伟，上覆巨石，墓志铭为毛子水亲笔书写，墓后石墙上嵌有“智德兼隆”四个大字，连同墓志铭，都金光闪闪，炫人双目。我站在那里，蓦抬头，适之先生那有魅力的典型的“我的朋友”式的笑容，突然显现在眼前，五十年依稀缩为一刹那，历史仿佛没有移动。但是，一定神儿，忽然想到自己的年龄，历史毕竟是动了，可我一点儿也没有颓唐之感。我现在大有“老骥伏枥，志在千里”之感。我相信，有朝一日，我还会有机会，重来宝岛，再一次站在适之先生的墓前。

目录

一、问一个人生意义问题

人生问题 /002
哲学与人生 /007
科学的人生观 /013
新生活 /019
差不多先生传 /022
打破浪漫病 /025

二、做自由世界的自由思想者

不　朽 /032

容忍与自由 /044

贞操问题 /052

拜金主义 /065

“我的儿子”/068

“旧瓶不能装新酒”吗 /077

三、戴一副有光的教育之眼镜

为什么读书 /084

中学生的修养与择业 /093

学生与社会 /105

一个防身药方的三味药 /113

知识的准备 /120

四、以科学方法作大众的文章

谈谈《诗经》/134

介绍几部新出的史学书 /147

找书的快乐 /162

今日思想界的一个大弊病 /170

大众语在哪儿 /178

一、问一个人生意义问题

人生问题

1903年，我只有十二岁，那年12月17日，美国的莱特弟兄做第一次飞机试验，用很简单的机器试验成功，因此美国定12月17日为飞行节。12月17日正是我的生日，我觉得我同飞行有前世因缘。我在前十多年，曾在广西飞行过十二天，那时我做了一首《飞行小赞》，这算是关于飞行的很早的一首辞。诸位飞过大西洋、太平洋，我在民国三十年（1941年），在美国也飞过四万英里，这表示我同诸位不算很隔阂。今天大家要我讲人生问题，这是诸位出的题目，我来交卷。这是很大的问题，让我先下定义，但是定义不是我的，而是思想界老前辈吴稚晖的。他说：人为万物之灵，怎么讲呢？第一，人能够用两只手做东西。第二，人的脑部比一切动物的都大，不但比哺乳动物大，并且比人的老祖宗猿猴的还要大。

有这能做东西的两手和比一切动物都大的脑部，所以说人为万物之灵。

人生是什么？即是人在戏台上演戏，在唱戏。看戏有各种看法，即对人生的看法叫作人生观。但人生有什么意义呢？怎样算好戏？怎样算坏戏？我常想：人生意义就在我们怎样看人生。意义的大小浅深，全在我们怎样去用两手和脑部。人生很短，上寿不过百年，完全可用手脑做事的时候，不过几十年。有人说，人生是梦，是很短的梦。有人说，人生不过是肥皂泡。其实，就是最悲观的说法，也证实我上面所说人生的有没有意义全看我们对人生的看法。就算他是做梦吧，也要做一个热闹的，轰轰烈烈的好梦，不要做悲观的梦。既然辛辛苦苦地上台，就要好好地唱个好戏，唱个像样子的戏，不要跑龙套。

人生不是单独的，人是社会的动物，他能看见和想象他所看不到的东西，他有能看到上至数百万年下至子孙百代的能力。无论是过去、现在，或将来，人都逃不了人与人的关系。比如这一杯茶（讲演桌上放着一杯玻璃杯盛的茶）就包括多少人的贡献，这些人虽然看不见，但从种茶，挑选，用自来水，自来水又包括电力等等，这有多少人的贡献，这就可以看出社会的意义。我们的一举一动，也都有社会的意义，譬如我随便往地上吐口痰，经太阳晒干，风一吹起，如果我有痨病，风可以把病菌带给几个人到无数人。我今天讲的话，诸位也许有人不注意，也许有人认为没道理，也许说胡适之胡说，是瞎说八道，也许有人因我的话回去看看书，也许竟一生受此影响。

一句话，一句格言，都能影响人。我举一个极端的例子：两千五百年前，离尼泊尔不远的地方，路上有一个乞丐死了，尸首正在腐烂。这时走来一位年轻的少爷叫 Gotama，后来就是释迦牟尼佛，这位少爷是生长于深宫中不知穷苦的，他一看到尸首，问这是什么？人说这是死。他说：噢！原来死是这样子，我们都不能不死吗？这位贵族少爷就回去想这问题，后来跑到森林中去想，想了几年，出来宣传他的学说，就是所谓佛学。这尸身腐烂一件事，就有这么大的影响。飞机在莱特兄弟做试验时，是极简单的东西，经四十年的工夫，多少人的聪明才智，才发展到今天。

我们一举一动，一言一行，一点行为都可以有永远不能磨灭的影响。几年来的战争，都是由希特勒的一本《我的奋斗》闯的祸，这一本书害了多少人？反过来说，一句好话，也可以影响无数人，我讲一个故事：民国元年（1912 年），有一个英国人到我们学堂讲话，讲的内容很荒谬，但他的 O 字的发音，同普通人不一样，是尖声的，这也影响到我的O字发音，许多我的学生又受到我的影响。在四十年前，有一天我到一外国人家去，出来时鞋带掉了，那外国人提醒了我，并告诉我系鞋带时，把结头底下转一弯就不会掉了，我记住了这句话，并又告诉许多人，如今这外国人是死了，但他这句话已发生不可磨灭的影响。

总而言之，从顶小的事情到顶大的像政治、经济、宗教等等，我们的一举一动都有不可磨灭的影响，尽管看不见，影响还是有。在孔夫子小时，有一位鲁国人说：人生有三不朽，即立德，立功，立言。立德就是最伟大的人格，像耶稣、孔子等。立功就是对社会有贡献。立言包括思想和文学，最伟大的思想和文学都是不朽的。但我们不要把这句话看得贵族化，要看得平民化，比如皮鞋打结不散、吐痰、O的发音，都是不朽的。就是说：不但好的东西不朽，坏的东西也不朽，善不朽，恶亦不朽。一句好话可以影响无数人，一句坏话可以害死无数人。这就给我们一个人生标准，消极的我们不要害人，要懂得自己行为。积极地要使这社会增加一点好处，总要叫人家得我一点好处。再回来说，人生就算是做梦，也要做一个像样子的梦。宋朝的政治家王安石有一首诗，题目是《梦》。说："知世如梦无所求，无所求心普定寂。还似梦中随梦境，成就河沙梦功德。”不要丢掉这梦，要好好去做！即算是唱戏，也要好好去唱。

1948 年 8 月 12 日

哲学与人生

前次承贵会邀我演讲关于佛学的问题，我因为对于佛学没有充分的研究，拿浅薄的学识来演讲这一类的问题，未免不配；所以现在讲“哲学与人生”，希望对于佛学也许可以贡献点参考。不过，我所讲的有许多地方和佛家意见不合，佛学会的诸君态度很公开，大约能够容纳我的意见的！讲到“哲学与人生”，我们必先研究它的定义：什么叫哲学？什么叫人生？然后才知道他们的关系。

我们先说人生。这六月来，国内思想界，不是有玄学与科学的笔战吗？国内思想界的老将吴稚晖先生，就在《太平洋杂志》上发表一篇《一个新信仰的宇宙观及人生观》。其中下了一个人生定义。他说：“人是哺乳动物中的有二手二足用脑的动物。”人生即是这种动物所演的戏剧，这种动物在演时，就有人生；停演时就没人生。所谓人生观，就是演时对于所演之态度，譬如：有的喜唱花面，有的喜唱老生，有的喜唱小生，有的喜摇旗呐喊；凡此种种两脚两手在演戏的态度，就是人生观。不过单是登台演剧，红进绿出，有何意义？想到这层，就发生哲学问题。哲学的定义，我们常在各种哲学书籍上见到，不过我们尚有再找一个定义的必要。我在《中国哲学史大纲》（上卷）上所下的哲学的定义说："哲学是研究人生切要的问题，从根本上着想，去找根本的解决。"但是"根本"两字意义欠明，现在略加修改，重新下了一个定义说："哲学是研究人生切要的问题，从意义上着想，去找一个比较可普遍适用的意义。"现在举两个例来说明它，要晓得哲学的起点是由于人生切要的问题，哲学的结果，是对于人生的适用。人生离了哲学，是无意义的人生；哲学离了人生，是想入非非的哲学。现在哲学家多凭空臆说，离得人生问题太远，真是上穷碧落，愈闹愈糟！

现在且说第一个例：二千五百年前在喜马拉雅山南部有一个小国——迦叶——里，街上倒卧着一个病势垂危的老丐，当时有一个王太子经过，在别人看到，将这老丐赶开，或是毫不经意地走过去了；但是那王太子是有哲学天才的人，他就想人为什么逃不出老、病、死这三个大关头，因此他就弃了他的太子爵位、妻孥、便嬖、皇宫、财货，遁迹入山，去静想人生的意义。后来忽然在树下想到一个解决，就是将人生一切问题拿主观去看，假定一切多是空的，那么，老、病、死就不成问题了。这种哲学的合理与否，姑不具论，但是那太子的确是研究人生切要的问题，从意义上着想去找他以为比较普遍适用的意义。

我们再举一个例：譬如我们睡到半夜醒来，听见贼来偷东西，我那就将他捉住，送县究办。假如我们没有哲性，就这么了事，再想不到“人为什么要做贼”等等的问题；或者那贼竟然苦苦哀求起来，说他所以做贼的缘故，因为母老、妻病、子女待哺、无处谋生，迫于不得已而为之，假如没有哲性的人，对于这种吁求，也不见有甚良心上的反动。至于富有哲性的人就要问了，为什么不得已而为之？天下不得已而为之的事有多少？为什么社会没得给他做工？为什么子女这样多？为什么老病死？这种偷窃的行为，是由于社会的驱策，还是由于个人的堕落？为什么不给穷人偷？为什么他没有我有？他没有我有是否应该？拿这种问题，逐一推思下去，就成为哲学。由此看来，哲学是由小事放大，从意义着想而得来的，并非空说高谈能够了解的。推论到宗教哲学、政治哲学、社会哲学等，也无非多从活的人生问题推衍阐明出来的。

我们既晓得什么叫人生，什么叫哲学，而且略会看到两者的关系，现在再去看意义在人生占的什么地位？现在一般的人饱食终日，无所用心。思想差不多是社会的奢侈品。他们看人生种种事实，和乡下人到城里未看见五光十色的电灯一样。只看到事实的表面，而不了解事实的意义。因为不能了解意义的缘故，所以连事实也不能了解了。这样说来，人生对于意义，极有需要，不知道意义，人生是不能了解的。宋朝朱子这班人，终日对物格物，终究找不到着落，就是不从意义上着想的缘故。又如平常人看见病人种种病象，他单看见那些事实而不知道那些事实的意义，所以莫名其妙。至于这些病象一到医生眼里，就能对症下药，因为医生不单看病象，还要晓得病象的意义的缘故。因此，了解人生不单靠事实，还要知道意义！

那么，意义又从何来呢？有人说：意义有两种来源，一种是从积累得来，是愚人取得意义的方法；一种是由直觉得来，是大智取得意义的方法。积累的方法，是走笨路；用直觉的方法是走捷径。据我看来，欲求意义唯一的方法，只有走笨路，就是日积月累地去做刻苦的工夫，直觉不过是熟能生巧的结果，所以直觉是积累最后的境界，而不是豁然贯通的。大发明家爱迪生有一次演说，他说，天才百分之九十九是汗，百分之一是神。可见得天才是下了番苦功才能得来，不出汗绝不会出神的。所以有人应付环境觉得难，有人觉得易，就是日积月累的意义多寡而已。哲学家并不是什么，只是对人生所得的意义多点罢了。

欲得人生的意义，自然要研究哲学史，去参考已往的死的哲理。不过还有比较更重要的，是注意现在的活的人生问题，这就是做人应有的态度。现在我举两个可模范的大哲学家来做我的结论，这两大哲学家一个是古代的苏格拉底，一个是现代的笛卡尔。

苏格拉底是希腊的穷人，他觉得人生醉生梦死，毫无意义，因此到公共市场，见人就盘问，想借此得到人生的解决。有一次，他碰到一个人去打官司，他就问他，为什么要打官司？那人答道，为公理。他复问道，什么叫公理？那人便瞠目结舌不能作答。苏氏笑道：我知道我不知你，却不知道你不知呵！后来又有一个人告他的父亲不信国教，他又去盘问，那人又被问住了。因此希腊人多恨他，告他两大罪，说他不信国教，带坏少年，政府就判他的死刑。他走出来的时候，对告他的人说："未经考察过的生活，是不值得活的。你们走你们的路，我走我的路吧！"后来他就从容就刑，为找寻人生的意义而牺牲他的生命。

笛卡尔旅行的结果，觉到在此国以为神圣的事，在他国却视为下贱；在此国以为大逆不道的事，在别国却奉为天经地义，因此他觉悟到贵贱善恶是因时因地而不同的。他以为从前积下来的许多观念知识是不可靠的，因为它们多是趁他思想幼稚的时候侵入来的。如若欲过理性的生活，必得将从前积得的知识，一件一件用怀疑的态度去评估它们的价值，重新建设一个理性的是非。这怀疑的态度，就是他对于人生与哲学的贡献。

现在诸君研究佛学，也应当用怀疑的态度去找出它的意义，是否真正比较得普遍适用？诸君不要怕，真有价值的东西，绝不为怀疑所毁，而能被怀疑所毁的东西，绝不会真有价值。我希望诸君实行笛卡尔的怀疑态度，牢记苏格拉底所说的“未经考察过的生活，是不值得活的”这句话。那么，诸君对于明阐哲学，了解人生，不觉其难了。

1923 年 11 月

科学的人生观

今天讲的题目，就是“科学的人生观”，研究人是什么东西？在宇宙中占据什么地位？人生究竟有何意味？因为少年人近来觉得很烦闷，自杀、颓废的都有，我比较至少多吃了几斤盐、几担米，所以来计划计划，研究自身人的问题。至于人生观，各人不同，都随环境而改变，不可以一个人的人生观去统理一切；因为公有公理，婆有婆理，我们至少要以科学的立场，去研究它，解决它。“科学的人生观”有两个意思：第一拿科学做人生观的基础；第二拿科学的态度、精神、方法，做我们生活的态度，生活的方法。

现在先讲第一点，就是人生是什么？人生是啥物事？拿科学的研究结果来讲，我在民国十二年（1923年）发表了十条，这十条就是武昌有一个主教，称为新的“十诫”，说我是中华基督教的危险物的。十条内容如下：

（一）要知道空间的大。拿天文、物理考察，得着宇宙之大；从前孙行者翻筋斗，一翻翻到南天门，一翻翻到下界，天的观念，何等的小？现在从地球到银河中间的最近的一个星，中间距离，照孙行者一秒钟翻十万八千里的速率计算，恐怕翻一万万年也翻不到，宇宙是何等的大？地球是宇宙间的沧海之一粟，九牛之一毛；我们人类，更是小，真是不成东西的东西！以前看得人的地位太重了，以为是万物之灵，同大地并行，凡是政治不良，就有彗星、地震的征象，这是错的。从前王充很能见得到，说："一个虱子不能改变那裤子里的空气，和那人类不能改变皇天一样。"所以我们眼光要大。

（二）时间是无穷的长。从地质学、生物学的研究，晓得时间是无穷的长，以前开口五千年，闭口五千年，以为目空一切；不料世界太阳系的存在，有几万万年的历史，地球也有几万万年，生物至少有几千万年，人类也有二三百万年，所以五千年占很小的地位。明白了时间之长，就可以看见各种进步的演变，不是上帝一刻可以造成的。

（三）宇宙间自然的行动。根据一切科学，知道宇宙、万物都有一定不变的自然行动。"自然自己，也是如此"，就是自己自然如此，各物自己如此的行动，并没有一种背后的指示，或是一个主宰去规范他们。明白了这点，对于月食是月亮被天狗所吞的种种迷信，可以打破了。

（四）物竞天择的原理。从生物学的知识，可以看到“物竞天择”的原理。鲫鱼下卵有几百万个，但是变鱼的只有几个；否则就要变成“鱼世界”了！大的吃小的，小的又吃更小的，人类都是如此。从此晓得人生不受安排，是自己如此的行动；否则要安排起来，为什么不安排一个完善的世界呢？

（五）人是什么东西。从社会学、生理学、心理学方面去看，人是什么东西？吴稚晖先生说：“人是两手一个大脑的动物，与其他的不同，只在程度上的区别罢了。”人类的手，与鸡、鸭的掌差不多，实是他们的弟兄辈。

（六）人类是演进的。根据人种学来看，人类是演进的；因为要应付环境，所以要慢慢地变；不变不能生存，要灭亡了。所以从下等的动物，慢慢演进到高等的动物，现在还是演进。

（七）心理受因果律的支配。照心理学、生物学来讲，心理现状是有因果律的。思想、做梦，都受因果律的支配，是心理、生理的现象，和头痛一般；所以人的心理说是超过一切，是不对的。

（八）道德、礼教的变迁。照生理学、社会学来讲，人类道德、礼教也是变迁的。以前以为脚小是美观，但是现在脚小要装大了。所以道德、礼教的观念，正在改进。以二十年、二百年或二千年以前的标准，来判断二十年、二百年、二千年后的状况，是格格不相入的。

（九）各物都有反应。照物理、化学来讲，物质是活的，原子分为电子，是动的。石头倘然加了化学品，就有反应，像人打了一记，就有反动一样。不同的，只在程度不同罢了。

（十）人的不朽。根据一切科学知识，人是要死的，物质上的腐败，和猫死狗死一般。但是个人不朽的工作，是功德：在立德，立功，立言。善恶都是不朽。一块痰中，有微生物，这菌能散布到空间，使空气都恶化了；人的言语，也是一样。凡是功业、思想，都能传之无穷；匹夫匹妇，都有其不朽的存在。

我们要看破人世间、时间之伟大，历史的无穷，人是最小的动物，处处都在演进，要去掉那“小我”的主张，但是那小小的人类，居然现在对于制度、政治各种都有进步。

以前都是拿科学去答复一切，现在要用什么方法去解决人生，就是哪样生活。各人有各人的方法，但是，至少要用那科学的方法、精神、态度去做。分四点来讲：

（一）怀疑。第一点是怀疑。三个弗相信的态度，人生问题就很多。有了怀疑的态度，就不会上当。以前我们幼时的知识，都从阿金、阿狗、阿毛等黄包车夫、娘姨处学来；但是现在自己要反省，问问以前的知识是否靠得住？

（二）事实。我们要实事求是，现在像贴贴标语，什么打倒田中义一等，都仅务虚名，像豆腐店里生意不好，看看“对我生财”泄闷一样。又像是以前的画符，一画符病就好的思想。贴了打倒帝国主义，帝国主义就真个打倒了吗？这不对，我们应做切实的工作，奋力地去做。

（三）证据。怀疑以后，相信总要相信，但是相信的条件，就是拿凭据来。有了这一句，论理学诸书，都可以不读。赫胥黎的儿子死了以后，宗教家去劝他信教，但是他很坚决地说：“拿有上帝的证据来！”有了这种态度，就不会上当。

（四）真理。朝夕地去求真理，不一定要成功，因为真理无穷，宇宙无穷；我们去寻求，是尽一点责任，希望在总分上，加上万万分之一。胜固是可喜，败也不足忧。明知赛跑只有一个人第一，我们还要去跑，不是为我为私，是为大家。发明不是为发财，是为人类。英国有一个医生，发明了一种治肺的药。但是因为自秘，就被医学会开除了。

所以科学家是为求真理。庄子虽有“吾生也有涯，而知也无涯，以有涯逐无涯，殆已”的话头，但是我们还要向上去做，得一分就是一分，一寸就是一寸，可以有亚基米德氏[1]发现浮力时叫Eureka的快活，有了这种精神，做人就不会失望。所以人生的意味，全靠你自己的工作；你要它圆就圆，方就方，是有意味；因为真理无穷，趣味无穷，进步快活也无穷尽。

1928年5月

[1] 今译作：阿基米德。

新生活

哪样的生活可以叫作新生活呢？

我想来想去，只有一句话。新生活就是有意思的生活。

你听了，必定要问我，有意思的生活又是什么样子的生活呢？

我且先说一两件实在的事情做个样子，你就明白我的意思了。

前天你没有事做，闲得不耐烦了，你跑到街上一个小酒店里，打了四两白干，喝完了，又要四两，再添上四两。喝得大醉了，同张大哥吵了一回嘴，几乎打起架来。后来李四哥来把你拉开，你气愤愤地又要了四两白干，喝得人事不知，幸亏李四哥把你扶回去睡了。昨儿早上，你酒醒了，大嫂子把前天的事告诉你，你懊悔得很，自己埋怨自己："昨儿为什么要喝那么多酒呢？可不是糊涂吗？”

你赶上张大哥家去，作了许多揖，赔了许多不是，自己怪自己糊涂，请张大哥大量包涵。正说时，李四哥也来了，王三哥也来了。他们三缺一，要你陪他们打牌。你坐下来，打了十二圈牌，输了一百多吊钱。你回得家来，大嫂子怪你不该赌博，你又懊悔得很，自己怪自己道：“是呵，我为什么要陪他们打牌呢？可不是糊涂吗？”

诸位，像这样子的生活，叫作糊涂生活，糊涂生活便是没有意思的生活。你做完了这种生活，回头一想，“我为什么要这样干呢？”你自己也回答不出究竟为什么。

诸位，凡是自己说不出“为什么这样做”的事，都是没有意思的生活。

反过来说，凡是自己说得出“为什么这样做”的事，都可以说是有意思的生活。

生活的“为什么”，就是生活的意思。

人同畜生的分别，就在这个“为什么”上。你到万牲园里去看那白熊一天到晚摆来摆去不肯歇，那就是没有意思的生活。我们做了人，应该不要学那些畜生的生活。畜生的生活只是糊涂，只是胡混，只是不晓得自己为什么如此做。一个人做的事应该件件事回得出一个“为什么”。

我为什么要干这个？为什么不干那个？回答得出，方才可算是一个人的生活。

我们希望中国人都能做这种有意思的新生活。其实这种新生活并不十分难，只消时时刻刻问自己为什么这样做，为什么不那样做，就可以渐渐地做到我们所说的新生活了。

诸位，千万不要说“为什么”这三个字是很容易的小事。你打今天起，每做一件事，便问一个为什么——为什么不把辫子剪了？为什么不把大姑娘的小脚放了？为什么大嫂子脸上搽那么多的脂粉？为什么出棺材要用那么多叫花子？为什么娶媳妇也要用那么多叫花子？为什么骂人要骂他的爹妈？为什么这个？为什么那个？你试办一两天，你就会觉得这三个字的趣味真是无穷无尽，这三个字的功用也无穷无尽。

诸位，我们恭恭敬敬地请你们来试试这种新生活。

1919 年 8 月

差不多先生传

你知道中国最有名的人是谁?

提起此人，人人皆晓，处处闻名。他姓差，名不多，是各省各县各村人氏。你一定见过他，一定听过别人谈起他。差不多先生的名字天天挂在大家的口头，因为他是中国全国人的代表。

差不多先生的相貌和你和我都差不多。他有一双眼睛，但看得不很清楚；有两只耳朵，但听得不很分明；有鼻子和嘴，但他对于气味和口味都不很讲究。他的脑子也不小，但他的记性却不很精明，他的思想也不很细密。

他常常说："凡事只要差不多，就好了。何必太精明呢？"

他小的时候，他妈叫他去买红糖，他买了白糖回来。他妈骂他，他摇摇头说："红糖白糖不是差不多吗？"

他在学堂的时候，先生问他："直隶省的西边是哪一省？"他说是陕西。先生说："错了。是山西，不是陕西。"他说："陕西同山西，不是差不多吗？"

后来他在一个钱铺里做伙计；他也会写，也会算，只是总不会精细。十字常常写成千字，千字常常写成十字。掌柜的生气了，常常骂他。他只是笑嘻嘻地赔小心道："千字比十字只多一小撇，不是差不多吗？"

有一天，他为了一件要紧的事，要搭火车到上海去。他从从容容地走到火车站，迟了两分钟，火车已开走了。他白瞪着眼，望着远远的火车上的煤烟，摇摇头道："只好明天再走了，今天走同明天走，也还差不多。可是火车公司未免太认真了。八点三十分开，同八点三十二分开，不是差不多吗？"他一面说，一面慢慢地走回家，心里总不明白为什么火车不肯等他两分钟。

有一天，他忽然得了急病，赶快叫家人去请东街的汪医生。那家人急急忙忙地跑去，一时寻不着东街的汪大夫，却把西街牛医王大夫请来了。差不多先生病在床上，知道寻错了人；但病急了，身上痛苦，心里焦急，等不得了，心里想道："好在王大夫同汪大夫也差不多，让他试试看吧。"于是这位牛医王大夫走近床前，用医牛的法子给差不多先生治病。不上一点钟，差不多先生就一命呜呼了。

差不多先生差不多要死的时候，一口气断断续续地说道："活人同死人也差……差……差不多，凡事只要……差……差……不多……就……好了，何……何……必……太……太认真呢？"他说完了这句格言，方才绝气了。

他死后，大家都很称赞差不多先生样样事情看得破，想得通；大家都说他一生不肯认真，不肯算账，不肯计较，真是一位有德行的人。于是大家给他取个死后的法号，叫他圆通大师。

他的名誉越传越远，越久越大。无数无数的人都学他的榜样。于是人人都成了一个差不多先生——然而中国从此就成为一个懒人国了。

1919 年

打破浪漫病

刚才主席说“材料不很重要，重要的在方法”，这话是很对的。有方法与无方法，自然不同。比如说，电灯坏了若有方法就可以把它修理好。材料一样的，然而方法异样的，所得结果便完全不同了。我今天要说的，就是材料很重要，方法不甚重要。用同等的方法，用在两种异样的材料上，所得结果便完全不同了。所以说材料是很要紧的。中国自西历1600至1900年当中，可谓中国“科学时期”，亦可说是科学的治学时代。如清朝的戴东原先生在音韵学、校勘学上，都有严整的方法。西洋人不能不承认这三百年是中国“科学时代”。我们自然科学虽没有怎样高明，但方法很好，这是我们可以自己得意的。闽人陈第曾著《毛诗古音考》《唐宋古音考》等一些书。他的方法是很精密的，是顾炎武的老祖宗。

顾亭林、阎百诗等些学者都开中国学术新纪元，他们是用科学方法探究学问的，顾氏是以科学方法研究音韵学，他的方法是用本证与旁证。比如研究《诗经》，从《诗经》本身来举证，是谓本证；若是从《诗经》的外面举证便谓旁证了。阎氏的科学方法是研究古文的真伪、文章的来源。

1609年的哥白尼听说在波兰国的北部一个眼镜店做小伙计，一天偶然叠上几片玻璃而发现在远方的东西，哥白尼以为望远镜是可以做到的。他利用这仪器，他对于天文学上就有很大的发现。像哈维（Harvey）[1]、牛顿（Newton），还有显微镜发明者像黎汶豪（Leeuwenhoek）[2]，他们都有很大的发明。当哥白尼及诸大学者存在的时候，正是中国的顾炎武、阎百诗出世的时期。在这五六十年当中，东西文化、东西学说的歧异就在这里。他们所谓方法就是“假说”与“求证”，牛顿就是大胆去假定，然后一步一步去证明。这是和我们不同的地方。我们的方法是科学的，然而材料是书本文字。我们的校勘学是校勘古书古字的正确的方法，如翻考《尔雅》、诸子百家；考据学是考据古文的真伪。这一大堆东西可以代表清朝三百年的成绩。黎汶豪是以凿钻等做研

[1] 威廉•哈维，英国生理学家、医生，发现血液循环的规律。
[2] 今译作：列文虎克。

究的工具；牛顿是以木、石、自然资料来研究天文学，像现在已经把太阳系都弄清楚了。前几天报上宣传英国天文台要与火星通讯，像这样的造就实在是可怕的。18、19世纪时候，西方学者才开始研究校勘学，瑞典的加礼文他专攻校勘学，曾经编成《中国文字分析字典》。像他这个洋鬼子不过研究四五年，而竟达到中国有三百年历史的校勘学成绩。加礼文说道："你们只在文字方面做工夫，不肯到汉口、广东、高丽、日本等地方实际考查文字的土音以为证明；要找出各种的读法应当要到北京、宁波等地去。"这可证明探求学问方法完全是经验的，要实地调查的。顾亭林[1]费许多时间而所得到的很少，而结果走错了路。

刚才杨教务长问我怎样医治"浪漫病"？我回答他说：浪漫的病症在哪里？我以为浪漫病或者就是"懒病"。你们都是青年，都还不到壮年时期，而我们已是"老狗教不成新把戏"了。现在我们无论走哪条路，都是要研究微积分、生物学、天文学、物理学。我们要多做些实验工夫，要跟着西洋人走进实验室去。至于考据方面就要让我们老朽昏庸的人去做。黎汶豪的显微镜实在比妖怪还厉害，这是用无穷时间

[1] 即顾炎武。

与时时刻刻找真理所得的结果。19世纪时候，法国化学师柏士多（Pasteur）[1]在显微镜下面发现很可怕的微生物。他并且感受疯狗的厉害，便研究疯狗起来。后来从狗嘴的涎沫里及脑髓中去探究，方知道是细菌在作祟，神经系中有毒。他把狗骨髓取出风干经过十三四天之久，就把它制成注射药水，可以治好给疯狗咬着的人。但是当时没有胆量就注射在人身上，只先在别的动物身上试验看看。在那时候很凑巧一位老太婆的儿子给狗咬伤，去请医生以活马当作死马医治，果然给他治好了。还有一位俄人，他给狼咬着他，就发明打针方法。法国酒的病、蚕的病亦给显微镜找出来了；欧洲羊的病，德国库舒（Koch）[2]应用药水力量把羊医好。像蚕病、醋病与酒病治好后，实在每年给法国省下来几千万的法郎。普法战争后法国赔款有五十万万之巨额。然而英国哈维（Harvey）尝说：柏士多以一支玻璃管和一具显微镜，已把法国赔款都付清了。懒的人实在没有懂得学问的兴趣。学问本来是干燥东西，而正确方法是建筑在正确材料上的，像西方的牛顿那样的正确。我们中国要研究有结果，最要紧的是要到自然界去，找自然材料。做文学的更要到民间去，到家庭里去找活材料。

[1] 今译作：巴斯德。
[2] 今译作：科赫。

我是喜欢谈谈：大家都是年富力强，应该要打破和消灭懒病。还要连带说一说“六〇六”药水[1]，是德国医生 Ehrlich[2] 发明的，用以杀杨梅疮的微菌，这位先生他用化学方法，经过八年六百零六次的试验研求而成功的。我们研究学问，要有材料和方法，要不懒，要坚忍不拔的努力；那么，“浪漫病”就可以打破了。

1928 年 12 月

[1] 即砷凡纳明，德国细菌学家、免疫学家埃尔利希与日本学者秦佐八郎共同发明的治疗梅毒的砷制剂。长期作为梅毒的主要治疗药物，直至 20 世纪 40 年代才被青霉素取代。

[2] 埃尔利希，德国细菌家、免疫学家，近代化学疗法奠基人之一。与梅契尼科夫共获 1908 年诺贝尔生理学或医学奖。

二、做自由世界的自由思想者

不　朽

不朽有种种说法，但是总括看来，只有两种说法是真有区别的。一种是把“不朽”解作灵魂不灭的意思。一种就是《春秋左传》上说的“三不朽”。

（一）神不灭论。宗教家往往说灵魂不灭，死后须受末日的裁判：做好事的享受天国天堂的快乐，做恶事的要受地狱的苦痛。这种说法，几千年来不但受了无数愚夫愚妇的迷信，居然还受了许多学者的信仰。但是古今来也有许多学者对于灵魂是否可离形体而存在的问题，不能不发生疑问。最重要的如南北朝人范缜的《神灭论》说：“形者神之质，神者形之用……神之于质，犹利之于刀；形之于用，犹刀之于利。……舍利无刀，舍刀无利。未闻刀没而利存，岂容形亡而神在？”宋朝的司马光也说：“形既朽灭，神亦飘散，虽有锉烧舂磨，亦无所施。”但是司马光说的“形既朽灭，神亦飘散”，还不免把形与神看作两件事，不如范缜说得透切。范缜说人的神灵即是形体的作用，形体便是神灵的形质。正如刀子是形质，刀子的利钝是作用；有刀子方才有利钝，没有刀子便没有利钝。人有形体方才有作用：这个作用，我们叫作“灵魂”。若没有形体，便没有作用了，便没有灵魂了。范缜这篇《神灭论》出来的时候，惹起了无数人的反对。梁武帝叫了七十几个名士作论驳他，都没有什么真有价值的议论。其中只有沈约的《难〈神灭论〉》说：“利若遍施四方，则利体无处复立；利之为用正存一边毫毛处耳。神之与形，举体若合，又安得同乎？若以此譬为尽耶，则不尽；若谓本不尽耶，则不可以为譬也。”这一段是说刀是无机体，人是有机体，故不能彼此相比。这话固然有理，但终不能推翻“神者形之用”的议论。近世唯物派的学者也说人的灵魂并不是什么无形体，独立存在的物事，不过是神经作用的总名；灵魂的种种作用都即是脑部各部分的机能作用；若有某部被损伤，某种作用即时废止；人年幼时脑部不曾完全发达，神灵作用也不能完全，老年人脑部渐渐衰耗，神灵作用也渐渐衰耗。这种议论的大旨，与范缜所说“神者形之用”正相同。但是有许多人总舍不得把灵魂打消了，所以咬住说灵魂另是一种神秘玄妙的物事，并不是神经的作用。这个“神秘玄妙”的物事究竟是什么，他们也说不出来，只觉得总应该有这么一件物事。既是“神秘玄妙”，自然不能用科学试验来证明他，也不能用科学试验来驳倒他。既然如此，我们只好用实验主义（Pragmatism）的方法，看这种学说的实际效果如何，以为评判的标准。依此标准看来，信神不灭论的固然也有好人，信神灭论的也未必全是坏人。即如司马光、范缜、赫胥黎一类的人，说不信灵魂不灭的话，何尝没有高尚的道德？更进一层说，有些人因为迷信天堂，天国，地狱，末日裁判，方才修德行善，这种修行全是自私自利的，也算不得真正道德。总而言之，灵魂灭不灭的问题，于人生行为上实在没有什么重大影响；既没有实际的影响，简直可说是不成问题了。

（二）三不朽说。《左传》说的三种不朽是：（1）立德的不朽，（2）立功的不朽，（3）立言的不朽。“德”便是个人人格的价值，像墨翟、耶稣一类的人，一生刻意孤行，精诚勇猛，使当时的人敬爱信仰，使千百年后的人想念崇拜。这便是立德的不朽。“功”便是事业，像哥伦布发现美洲，像华盛顿造成美洲共和国，替当时的人开一新天地，替历史开一新纪元，替天下后世的人种下无量幸福的种子。这便是立功的不朽。“言”便是语言著作，像那《诗经》三百篇的许多无名诗人，又像陶潜、杜甫、萧士比亚[1]、易卜生一类的文学家，又像柏拉图、卢骚[2]、弥儿[3]一类的文学家，又像牛顿、达尔文一类的科学家，或是做了几首好诗使千百年后的人欢喜感叹；或是做了几本好戏使当时的人鼓舞感动，使后世的人发奋兴起；或是创出一种新哲学，或是发明了一种新学说，或在当时发生思想的革命，或在后世影响无穷。这便是立言的不朽。总而言之，这种不朽说，不问人死后灵魂能不能存在，只问他的人格，他的事业，他的著作有没有永远存在的价值。即如基督教徒说耶稣是上帝的儿子，他的神灵永远存在，我们正不用驳这种无凭据的神话，只说耶稣的人格，事业和教训都可以不朽，又何必说那些无谓的神话呢？又如孔教会的人每到了孔丘的生日，一定要举行祭孔的典礼，还有些人学那“朝山进香”的法子，要赶到曲阜孔林去对孔丘的神灵表示敬意。其实孔丘的不朽全在他的人格与教训，不在他那“在天之灵”。更进一步说，像那《三百篇》里的诗人，也没有姓名，也没有事实，但是他们都可说是立言的不朽。为什么呢？因为不朽全靠一个人的真价值，并不靠姓名事实的流传，

[1] 今译作：莎士比亚。
[2] 今译作：卢梭。
[3] 今译作：穆勒。英国哲学家、心理学家、经济学家，古典自由主义思想家。

也不靠灵魂的存在。试看古今来的多少大发明家，那发明火的，发明养蚕的，发明缫丝的，发明织布的，发明水车的，发明舂米的水碓的，发明规矩的，发明秤的……虽然姓名不传，事实湮没，但他们的功业永远存在，他们也就都不朽了。这种不朽比那个人的小小灵魂的存在，可不是更可宝贵，更可羡慕吗？况且那灵魂的有无还在不可知之中，这三种不朽——德，功，言——可是实在的。这三种不朽可不是比那灵魂的不灭更靠得住吗？

以上两种不朽论，依我个人看来，不消说得，那“三不朽说”是比那“神不灭说”好得多了。但是那“三不朽说”还有三层缺点，不可不知。第一，照平常的解说看来，那些真能不朽的人只不过那极少数有道德，有功业，有著述的人。还有那无量平常人难道就没有不朽的希望吗？世界上能有几个墨翟、耶稣，几个哥伦布、华盛顿，几个杜甫、陶潜，几个牛顿、达尔文呢？这岂不成了一种“寡头”的不朽论吗？第二，这种不朽论单从积极一方面着想，但没有消极的裁制。那种灵魂的不朽论既说有天国的快乐，又说有地狱的苦楚，是积极消极两方面都顾着的。如今单说立德可以不朽，不立德又怎样呢？立功可以不朽，有罪恶又怎样呢？第三，这种不朽论所说的“德，功，言”三件，范围都很含糊。究竟怎样的人格方才可算是“德”呢？怎样的事业方才可算是“功”呢？怎样的著作方才可算是“言”呢？我且举一个例。哥伦布发现美洲固然可算得立了不朽之功，但是他船上的水手火头又怎样呢？他那只船的造船工人又怎样呢？他船上用的罗盘器械的制造工人又怎样呢？他所读的书的著作者又怎样呢？……举这一条例，已可见“三不朽”的界限含糊不清了。

因为要补足这三层缺点，所以我想提出第三种不朽论来请大家讨论。我一时想不起别的好名字，姑且称他做“社会的不朽论”。

（三）社会的不朽论。社会的生命，无论是看纵剖面，是看横截面，都像一种有机的组织。从纵剖面看来，社会的历史是不断的：前人影响后人，后人又影响更后人；没有我们的祖宗和那无数的古人，又哪里有今日的我和你？没有今日的我和你，又哪里有将来的后人？没有那无量数的个人，便没有历史，但是没有历史，那无数的个人也绝不是那个样子的个人：总而言之，个人造成历史，历史造成个人。从横截面看来，社会的生活是交互影响的：个人造成社会，社会造成个人；社会的生活全靠个人分工合作的生活，但个人的生活，无论如何不同，都脱不了社会的影响；若没有那样这样的社会，绝不会有这样那样的我和你；若没有无数的我和你，社会也绝不是这个样子。来勃尼慈（Leibniz）[1]说得好：

> 这个世界乃是一片大充实（Plenum，为真空 Vacuum 之对），其中一切物质都是接连着的。一个大充实里面有一点变动，全部的物质都要受影响，影响的程度与物体距离的远近成正比例。世界也是如此。每一个人不但直接受他身边亲近的人的影响，并且间接又间接地受距离很远的人的影响。所以世间的交互影响，无论距离远近，都受得着的。所以世界上的人，每人受着全世界一切动作的影响。如果他有周知万物的智慧，他可以在每人的身上看出世间一切施为，无论过去未来都可看得出，在这一个现在里面便有无穷时间空间的影子。（见 Monadology[2] 第六十一节）

从这个交互影响的社会观和世界观上面，便生出我所说的“社会的不朽论”来。我这“社会的不朽论”的大旨是：我这个“小我”不是独立存在的，是和无量数小我有直接或

[1] 今译作：莱布尼茨。德国自然科学家、数学家、哲学家，同牛顿并称为微积分的创始人，又是数理逻辑的先驱者。

[2] 《单子论》，布莱尼茨著作之一。

间接的交互关系的；是和社会的全体和世界的全体都有互为影响的关系的；是和社会世界的过去和未来都有因果关系的。种种从前的因，种种现在无数“小我”和无数他种势力所造成的因，都成了我这个“小我”的一部分。我这个“小我”，加上了种种从前的因，又加上了种种现在的因，传递下去，又要造成无数将来的“小我”。这种种过去的“小我”，和种种现在的“小我”，和种种将来无穷的“小我”，一代传一代，一点加一滴；一线相传，连绵不断；一水奔流，滔滔不绝：——这便是一个“大我”。“小我”是会消灭的，“大我”是永远不灭的。“小我”是有死的，“大我”是永远不死，永远不朽的。“小我”虽然会死，但是每一个“小我”的一切作为，一切功德罪恶，一切语言行事，无论大小，无论是非，无论善恶，一一都永远留存在那个“大我”之中。那个“大我”，便是古往今来一切“小我”的纪功碑，彰善祠，罪状判决书，孝子慈孙百世不能改的恶谥法。这个“大我”是永远不朽的，故一切“小我”的事业，人格，一举一动，一言一笑，一个念头，一场功劳，一桩罪过，也都永远不朽。这便是社会的不朽，“大我”的不朽。

那边“一座低低的土墙，遮着一个弹三弦的人”。那三弦的声浪，在空间起了无数波澜；那被冲动的空气质点，直接间接冲动无数旁的空气质点；这种波澜，由近而远，至于无穷空间；由现在而将来，由此刹那以至于无量刹那，至于无穷时间：——这已是不灭不朽了。那时间，那“低低的土墙”外边来了一位诗人，听见那三弦的声音，忽然起了一个念头；由这一个念头，就成了一首好诗；这首好诗传诵了许多人；人读了这诗，各起种种念头；由这种种念头，更发生无量数的念头，更发生无数的动作，以至于无穷。然而那“低低的土墙”里面那个弹三弦的人又如何知道他所发生的影响呢？

一个生肺病的人在路上偶然吐了一口痰。那口痰被太阳晒干了，化为微尘，被风吹到空中，东西飘散，渐吹渐远，至于无穷时间，至于无穷空间。偶然一部分的病菌被体弱的人呼吸进去，便发生肺病，由他一身传染一家，更由一家传染无数人家。如此辗转传染，至于无穷空间，至于无穷时间。然而那先前吐痰的人的骨头早已腐烂了，他又如何知道他所种的恶果呢？

一千五六百年前有一个人叫作范缜说了几句话道：“神之于形，犹利之于刀；未闻刀没而利存，岂容形亡而神在？”这几句话在当时受了无数人的攻击。到了宋朝有个司马光把这几句话记在他的《资治通鉴》里。一千五六百年之后，有一个十一岁的小孩子——就是我——看《通鉴》到这几句话，心里受了一大感动，后来便影响了他半生的思想行事。然而那说话的范缜早已死了一千五六百年了！

二千六七百年前，在印度地方有一个穷人病死了，没人收尸，尸首暴露在路上，已腐烂了。那边来了一辆车，车上坐着一个王太子，看见了这个腐烂发臭的死人，心中起了一念；由这一念，辗转发生无数念。后来那位王太子把王位也抛了，富贵也抛了，父母妻子也抛了，独自去寻思一个解脱生老病死的方法。后来这位王子便成了一个教主，创了一种哲学的宗教，感化了无数人。他的影响势力至今还在；将来即使他的宗教全灭了，他的影响势力终久还存在，以至于无穷。这可是那腐烂发臭的路毙所曾梦想到的吗？

以上不过是略举几件事，说明上文说的“社会的不朽”“大我的不朽”。这种不朽论，总而言之，只是说个人的一切功德罪恶，一切言语行事，无论大小好坏，一一都留下一些影响在那个“大我”之中，一一都与这永远不朽的“大我”一同永远不朽。

上文我批评那“三不朽论”的三层缺点：（1）只限于极少数的人，（2）没有消极的裁制，（3）所说“功，德，言”的范围太含糊了。如今所说“社会的不朽”，其实只是把那“三不朽论”的范围更推广了。既然不论事业功德的大小，一切都可不朽，那第一第三两层短处都没有了。冠绝古今的道德功业固可以不朽，那极平常的“庸言庸行”，油盐柴米的琐屑，愚夫愚妇的细事，一言一笑的微细，也都永远不朽。那发现美洲的哥伦布固可以不朽，那些和他同行的水手火头，造船的工人，造罗盘器械的工人，供给他粮食衣服银钱的人，他所读的书的著作家，生他的父母，生他父母的父母祖宗，以及生育训练那些工人商人的父母祖宗，以及他以前和同时的社会……都永远不朽。社会是有机的组织，那英雄伟人可以不朽，那挑水的，烧饭的，甚至于浴堂里替你擦背的，甚至于每天替你家掏粪倒马桶的，也都永远不朽。至于那第二层缺点，也可免去。如今说立德不朽，行恶也不朽；立功不朽，犯罪也不朽；“流芳百世”不朽，“遗臭万年”也不朽；功德盖世固是不朽的善因，吐一口痰也有不朽的恶果。我的朋友李守常先生说得好：“稍一失脚，必致遗留层层罪恶种子于未来无量的人——即未来无量的我——永不能消除，永不能忏悔。”这就是消极的裁制了。

中国儒家的宗教提出一个父母的观念，和一个祖先的观念，来做人生一切行为的裁制力。所以说“一出言而不敢忘父母，一举足而不敢忘父母”。父母死后，又用丧礼祭礼等等见神见鬼的方法，时刻提醒这种人生行为的裁制力。所以又说“斋明盛服，以承祭祀，洋洋乎如在其上，如在其左右”。又说“斋三日，则见其所为斋者；祭之日，入室，僾然必有见乎其位；周还出户，肃然必有闻乎其容声；出户而听，忾然必有闻乎其叹息之声”。这都是“神道设教”，见神见鬼的手段。这种宗教的手段在今日是不中用了。还有那种“默示”的宗教，神权的宗教，崇拜偶像的宗教，在我们心里也不能发生效力，不能裁制我们一生的行为。以我个人看来，这种“社会的不朽”观念很可以做我的宗教了。我的宗教的教旨是：

我这个现在的“小我”，对于那永远不朽的“大我”的无穷过去，须负重大的责任；对于那永远不朽的“大我”的无穷未来，也须负重大的责任。我须要时时想着，我应该如何努力利用现在的“小我”，方才可以不辜负了那“大我”的无穷过去，方才可以不贻害那“大我”的无穷未来？

1919 年 5 月

容忍与自由

十七八年前，我最后一次会见我的母校康耐儿大学的史学大师布尔先生（George Lincoln Burr）。我们谈到英国文学大师阿克顿（Lord Acton）一生准备著作一部《自由之史》，没有写成他就死了。布尔先生那天谈话很多，有一句话我至今没有忘记。他说："我年纪越大，越感觉到容忍（tolerance）比自由更重要。"

布尔先生死了十多年了，他这句话我越想越觉得是一句不可磨灭的格言。我自己也有"年纪越大，越觉得容忍比自由还更重要"的感想。有时我竟觉得容忍是一切自由的根本：没有容忍，就没有自由。

我十七岁的时候（1908年）曾在《竞业旬报》上发表几条《无鬼丛话》，其中有一条是痛骂小说《西游记》和《封神榜》的，我说：

《王制》有之：“假于鬼神时日卜筮以疑众，杀。”吾独怪夫数千年来之排治权者，之以济世明道自期者，乃懵然不之注意，惑世诬民之学说得以大行，遂举我神州民族投诸极黑暗之世界！

这是一个小孩子很不容忍的“卫道”态度。我在那时候已是一个无鬼论者、无神论者，所以发出那种摧除迷信的狂论，要实行《王制》（《礼记》的一篇）的“假于鬼神时日卜筮以疑众，杀”的一条经典！

我在那时候当然没有梦想到说这话的小孩子在十五年后（1923 年）会很热心地给《西游记》做两万字的考证！我在那时候当然更没有想到那个小孩子在二三十年后还时时留心搜求可以考证《封神榜》的作者的材料！我在那时候也完全没有想想《王制》那句话的历史意义。那一段《王制》的全文是这样的：

析言破律，乱名改作，执左道以乱政，杀。作淫声异服奇技奇器以疑众，杀。行伪而坚，言伪而辩，学非而博，顺非而泽以疑众，杀。假于鬼神时日卜筮以疑众，杀。此四诛者，不以听。

我在五十年前，完全没有懂得这一段话的“诛”正是中国专制政体之下禁止新思想、新学术、新信仰、新艺术的经典的根据。我在那时候抱着“破除迷信”的热心，所以拥护那“四诛”之中的第四诛：“假于鬼神时日卜筮以疑众，杀。”我当时完全没有想到第四诛的“假于鬼神……以疑众”和第一诛的“执左道以乱政”的两条罪名都可以用来摧残宗教信仰的自由。我当时也完全没有注意到郑玄注里用了公输般做“奇技异器”的例子；更没有注意到孔颖达《正义》里举了“孔子为鲁司寇七日而诛少正卯”的例子来解释“行伪而坚，言伪而辩，学非而博，顺非而泽以疑众，杀”。故第二诛可以用来禁绝艺术创作的自由，也可以用来“杀”许多发明“奇技异器”的科学家。故第三诛可以用来摧残思想的自由，言论的自由，著作出版的自由。

我在五十年前引用《王制》第四诛，要“杀”《西游记》《封神榜》的作者。那时候我当然没有想到十年之后我在北京大学教书时就有一些同样“卫道”的正人君子也想引用《王制》的第三诛，要“杀”我和我的朋友们。当年我要“杀”人，后来人要“杀”我，动机是一样的：都只因为动了一点儿正义的火气，就都失掉容忍的度量了。

我自己叙述五十年前主张“假于鬼神时日卜筮以疑众，杀”的故事，为的是要说明我年纪越大，越觉得“容忍”比“自由”还更重要。

我到今天还是一个无神论者，我不信有一个有意志的神，我也不信灵魂不朽的说法。

我自己总觉得，这个国家、这个社会、这个世界，绝大多数人是信神的，居然能有这雅量，能容忍我的无神论，能容忍我这个不信神也不信灵魂不灭的人，能容忍我在国内和国外自由发表我的无神论的思想，从没有人因此用石头掷我，把我关在监狱里，或把我捆在柴堆上用火烧死。我在这个世界里居然享受了四十多年的容忍与自由。我觉得这个国家、这个社会、这个世界对我的容忍度量是可爱的，是可以感激的。

所以我自己总觉得我应该用容忍的态度来报答社会对我的容忍。所以我自己不信神，但我能诚心地谅解一切信神的人，也能诚心地容忍并且敬重一切信仰有神的宗教。

我要用容忍的态度来报答社会对我的容忍，因为我年纪越大，我越觉得容忍的重要意义。若社会没有这点儿容忍的气度，我绝不能享受四十多年大胆怀疑的自由，公开主张无神论的自由。

在宗教自由史上，在思想自由史上，在政治自由史上，我们都可以看见容忍的态度是最难得、最稀有的态度。人类的习惯总是喜同而恶异的，总不喜欢和自己不同的信仰、思想、行为。这就是不容忍的根源。不容忍只是不能容忍和我自己不同的新思想和新信仰。一个宗教团体总相信自己的宗教信仰是对的，是不会错的，所以它总相信那些和自己不同的宗教信仰必定是错的，必定是异端、邪教。一个政治团体总相信自己的政治主张是对的，是不会错的，所以它总相信那些和自己不同的政治见解必定是错的，必定是敌人。

一切对异端的迫害，一切对“异己”的摧残，一切宗教自由的禁止，一切思想言论的被压迫，都由于这一点深信自己是不会错的心理。因为深信自己是不会错的，所以不能容忍任何和自己不同的思想信仰了。

试看欧洲的宗教革新运动的历史。马丁•路德（Martin Luther）和约翰•高尔文（Jean Calvin）[1] 等人起来革新宗教，本来是因为他们不满意于罗马旧教的种种不容忍，种种不自

[1] 今译作：约翰•加尔文。

由。但是新教在中欧北欧胜利之后，新教的领袖们又都渐渐走上了不容忍的路上去，也不容许别人起来批评他们的新教条了。高尔文在日内瓦掌握了宗教大权，居然会把一个敢独立思想、敢批评高尔文的教条的学者塞维图斯（Servetus）定了“异端邪说”的罪名，把他用铁链锁在木桩上，堆起柴来，慢慢地活烧死。这是 1553 年 10 月 23 日的事。

这个殉道者塞维图斯的惨史，最值得人们的追念和反省。宗教革新运动原来的目标是要争取“基督教的人的自由”和“良心的自由”。何以高尔文和他的信徒们居然会把一位独立思想的新教徒用慢慢的火烧死呢？何以高尔文的门徒（后来继任高尔文为日内瓦的宗教独裁者）柏时（de Beze）竟会宣言“良心的自由是魔鬼的教条”呢？

基本的原因还是那一点深信我自己是“不会错的”的心理。像高尔文那样虔诚的宗教改革家，他自己深信他的良心确是代表上帝的命令，他的口和他的笔确是代表上帝的意志，那么他的意见还会错吗？他还有错误的可能吗？在塞维图斯被烧死之后，高尔文曾受到不少人的批评。1554 年，高尔文发表一篇文字为他自己辩护，他毫不迟疑地说：“严厉惩治邪说者的权威是无可疑的，因为这就是上帝自己说话……这工作是为上帝的光荣战斗。”

上帝自己说话，还会错吗？为上帝的光荣作战，还会错吗？这一点“我不会错”的心理，就是一切不容忍的根苗。深信我自己的信念没有错误的可能（Infallible），我的意见就是“正义”，反对我的人当然都是“邪说”了。我的意见代表上帝的意旨，反对我的人的意见当然都是“魔鬼的教条”了。

这是宗教自由史给我们的教训：容忍是一切自由的根本；没有容忍“异己”的雅量，就不会承认“异己”的宗教信仰可以享自由。但因为不容忍的态度是基于“我的信念不会错”的心理习惯，所以容忍“异己”是最难得、最不容易养成的雅量。

在政治思想上，在社会问题的讨论上，我们同样感觉到不容忍是常见的，而容忍总是很稀有的。我试举一个死了的老朋友的故事做例子。四十多年前，我们在《新青年》杂志上开始提倡白话文学的运动，我曾从美国寄信给陈独秀，我说：

此事之是非，非一朝一夕所能定，亦非一二人所能定。甚愿国中人士能平心静气与吾辈同力研究此问题。讨论既熟，是非自明。吾辈已张革命之旗，虽不容退缩，然亦绝不敢以吾辈所主张为必是而不容他人之匡正也。

独秀在《新青年》上答我道：

鄙意容纳异议，自由讨论，固为学术发达之原则，独于改良中国文学当以白话为正宗之说，其是非甚明，必不容反对者有讨论之余地；必以吾辈所主张者为绝对之是，而不容他人之匡正也。

我当时看了就觉得这是很武断的态度。现在在四十多年之后，我还忘不了独秀这一句话，我还觉得这种“必以吾辈所主张者为绝对之是”的态度是很不容忍的态度，是最容易引起别人的恶感，是最容易引起反对的。

我曾说过，我应该用容忍的态度来报答社会对我的容忍。我现在常常想，我们还得戒律自己：我们若想别人容忍谅解我们的见解，我们必须先养成能够容忍谅解别人的见解的度量。至少我们应该戒约自己绝不可“以吾辈所主张者为绝对之是”。我们受过实验主义的训练的人，本来就不承认有“绝对之是”，更不可以“以吾辈所主张者为绝对之是”。

1959年3月12日

贞操问题

一

周作人先生所译的日本人与谢野晶子的《贞操论》（《新青年》四卷五号），我读了很有感触。这个问题，在世界上受了几千年无意识的迷信，到近几十年中，方才有些西洋学者正式讨论这问题的真意义。文学家如易卜生的《群鬼》和Thomas Hardy[1]的《苔史》[2]，都带着讨论这个问题。如今家庭专制最厉害的日本居然也有这样大胆的议论！这是东方文明史上一件极可贺的事。

当周先生翻译这篇文字的时候，北京一家很有价值的报

[1] 托马斯•哈代，英国作家。
[2] 今译作：《苔丝》。

纸登出一篇恰相反的文章。这篇文章是海宁朱尔迈的《会葬唐烈妇记》（7月23、24日北京《中华新报》）。上半篇写唐烈妇之死如下：

唐烈妇之死，所阅灰水，钱卤，投河，雉经者五，前后绝食者三；又益之以砒霜，则其亲试乎杀人之方者凡九。自除夕上溯其夫亡之夕，凡九十有八日。夫以九死之惨毒，又历九十八日之长，非所称百挫千折有进而无退者乎？……

下文又借出一件“俞氏女守节”的事来替唐烈妇作陪衬：

女年十九，受海盐张氏聘，未于归，夫夭，女即绝食七日；家人劝之力，始进糜曰：“吾即生，必至张氏，宁服丧三年，然后归报地下。”

最妙的是朱尔迈的论断：

嗟乎，俞氏女盖闻烈妇之风而兴起者乎？……俞氏女果能死于绝食七日之内，岂不甚幸？乃为家人阻之，俞氏女亦以三年为己任，余正恐三年之间，凡一千八十日有奇，非如烈妇之九十八日也。且绝食之后，其家人防之者百端……虽有死之志，而无死之间，可奈何？烈妇倘能阴相之以成其节，风化所关，猗欤盛矣！

这种议论简直是全无心肝的贞操论。俞氏女还不曾出嫁，不过因为信了那种荒谬的贞操迷信，想做那“青史上留名的事”，所以绝食寻死，想做烈女。这位朱先生要维持风化，所以忍心巴望那位烈妇的英灵来帮助俞氏女赶快死了，“岂不甚幸”！这种议论可算得贞操迷信的极端代表。《儒林外史》里面的王玉辉看他女儿殉夫死了，不但不哀痛，反仰天大笑道：“死得好！死得好！”（五十二回）王玉辉的女儿殉已嫁之夫，尚在情理之中。王玉辉自己“生这女儿为伦纪生色”，他看他女儿死了反觉高兴，已不在情理之中了。至于这位朱先生巴望别人家的女儿替她未婚夫做烈女，说出那种“猗欤盛哉”的全无心肝的话，可不是贞操迷信的极端代表吗？

贞操问题之中，第一无道理的，便是这个替未婚夫守节和殉烈的风俗。在文明国里，男女用自由意志，由高尚的恋爱，订了婚约，有时男的或女的不幸死了，剩下的那一个因为生时爱情太深，故情愿不再婚嫁。这是合情理的事。若在婚姻不自由之国，男女订婚以后，女的还不知男的面长面短，有何情爱可言？不料竟有一种陋儒，用“青史上留名的事”来鼓励无知女儿做烈女，“为伦纪生色”“风化所关，猗欤盛矣！”我以为我们今日若要作具体的贞操论，第一步就该反对这种忍心害理的烈女论，要渐渐养成一种舆论，不但永不把这种行为看作“猗欤盛矣”可旌表褒扬的事，还要公认这是不合人情，不合天理的罪恶；还要公认劝人做烈女，罪等于故意杀人。

这不过是贞操问题的一方面。这个问题的真相，与谢野晶子说得很明白了。她提出几个疑问，内中有一条是：“贞操是否单是女子必要的道德，还是男女都必要的呢？”这个疑问，在中国更为重要。中国的男子要他们的妻子替他们守贞守节，他们自己却公然嫖妓，公然纳妾，公然“吊膀子”。再嫁的妇人在社会上几乎没有社交的资格；再婚的男子，多妻的男子，却一毫不损失他们的身份。这不是最不平等的事吗？怪不得古人要请“周婆制礼”来补救“周公制礼”的不平等了。

我不是说，因为男子嫖妓，女子便该偷汉；也不是说，因为老爷有姨太太，太太便该有姨老爷。我说的是，男子嫖妓，与妇人偷汉，犯的是同等的罪恶；老爷纳妾，与太太偷人，犯的也是同等的罪恶。

为什么呢？因为贞操不是个人的事，乃是人对人的事；不是一方面的事，乃是双方面的事。女子尊重男子的爱情，心思专一，不肯再爱别人，这就是贞操。贞操是一个“人”对别一个“人”的一种态度。因为如此，男子对于女子，也该有同等的态度。若男子不能照样还敬，他就是不配受这种贞操的待遇。这并不是外国进口的妖言，这乃是孔丘说的“己所不欲，勿施于人”。孔丘说：

君子之道四，丘未能一焉：所求乎子以事父，未能也；所求乎臣以事君，未能也；所求乎弟以事兄，未能也；所求乎朋友，先施之，未能也。

孔丘五伦之中，只说了四伦，未免有点欠缺。他理该加上一句道：

所求乎吾妇，先施之，未能也。

这才是大公无私的圣人之道！

二

我这篇文字刚才做完，又在上海报上看见陈烈女殉夫的事。今先记此事大略如下：

陈烈女名宛珍，绍兴县人，三世居上海。年十七，字王远甫之子菁士。菁士于本年三月廿三日病死，年十八岁。陈女闻死耗，即沐浴更衣，潜自仰药。其家人觉察，仓皇施救，已无及。女乃泫然曰："儿志早决，生虽未获见夫，殁或相从地下……"言讫，遂死，死时距其未婚夫之死仅三时而已。（此据上海绍兴同乡会所出征文启）

过了两天，又见上海县知事呈江苏省长请予褒扬的呈文，中说：

呈为陈烈女行实可风，造册具书证明，请予按例褒扬事。……（事实略）……兹据呈称……并开具事实，附送褒扬费银六元前来。……知事复查无异。除先给予"贞烈可风"匾额，以资旌表外，谨援《褒扬条例》……之规定，造具清册，并附证明书，连同褒扬费，一并备文呈送，仰祈鉴核，俯赐咨行内务部将陈烈女按例褒扬，实为德便。

我读了这篇呈文，方才知道我们中华民国居然还有什么《褒扬条例》。于是我把那些条例寻来一看，只见第一条九种可褒扬的行谊的第二款便是"妇女节烈贞操可以风世者"；

第七款是“著述书籍，制造器用，于学术技艺或发明或改良之功者”；第九款是“年逾百岁者”！一个人偶然活到了一百岁，居然也可以与学术技艺上的著作发明享受同等的褒扬！这已是不伦不类可笑得很了。再看那条例《施行细则》解释第一条第二款的“妇女节烈贞操可以风世者”如下：

第二条：《褒扬条例》第一条第二款所称之“节”妇，其守节年限自三十岁以前守节至五十岁以后者。但年未五十而身故，其守节已及六年者同。

第三条：同条款所称之“烈”妇“烈”女，凡遇强暴不从致死，或羞忿自尽，及夫亡殉节者，属之。

第四条：同条款所称之“贞”女，守贞年限与节妇同。其在夫家守贞身故，及未符年例而身故者，亦属之。

以上各条乃是中国贞操问题的中心点。第二条褒扬“自三十岁以前守节至五十岁以后”的节妇，是中国法律明明认三十岁以下的寡妇不该再嫁；再嫁为不道德。第三条褒扬“夫亡殉节”的烈妇烈女，是中国法律明明鼓励妇人自杀以殉夫；明明鼓励未嫁女子自杀以殉未嫁之夫。第四条褒扬未嫁女子替未婚亡夫守贞二十年以上，是中国法律明明说未嫁而丧夫的女子不该再嫁人；再嫁便是不道德。

这是中国法律对于贞操问题的规定。

依我个人的意思看来，这三种规定都没有成立的理由。

第一，寡妇再嫁问题。这全是一个个人问题。妇人若是对她已死的丈夫真有割不断的情义，她自己不忍再嫁；或是已有了孩子，不肯再嫁；或是年纪已大，不能再嫁；或是家道殷实，不愁衣食，不必再嫁：——妇人处于这种境地，自然守节不嫁。还有一些妇人，对她丈夫，或有怨心，或无恩意，年纪又轻，不肯抛弃人生正当的家庭快乐；或是没有儿女，家又贫苦，不能度日：——妇人处于这种境遇没有守节的理由，为个人计，为社会计，为人道计，都该劝她改嫁。贞操乃是夫妇相待的一种态度。夫妇之间爱情深了，恩谊厚了，无论谁生谁死，无论生时死后，都不忍把这爱情移于别人，这便是贞操。夫妻之间若没有爱情恩义，即没有贞操可说。若不问夫妇之间有无可以永久不变的爱情，若不问做丈夫的配不配受他妻子的贞操，只晓得主张做妻子的总该替她丈夫守节；这是一偏的贞操论，这是不合人情公理的伦理。再者，贞操的道德，“照各人境遇体质的不同，有时能守，有时不能守；在甲能守，在乙不能守”（用与谢野晶子的话）。若不问个人的境遇体质，只晓得说“忠臣不事二君，烈女不更二夫”；

只晓得说“饿死事极小，失节事极大”（用程子语）；这是忍心害理，男子专制的贞操论。——以上所说，大旨只要指出寡妇应否再嫁全是个人问题，有个人恩情上，体质上，家计上种种不同的理由，不可偏于一方面主张不近情理的守节。因为如此，故我极端反对国家用法律的规定来褒扬守节不嫁的寡妇。褒扬守节的寡妇，即是说寡妇再嫁为不道德，即是主张一偏的贞操论。法律既不能断定寡妇再嫁为不道德，即不该褒扬不嫁的寡妇。

第二，烈妇殉夫问题。寡妇守节最正当的理由是夫妇间的爱情。妇人殉夫最正当的理由也是夫妇间的爱情。爱情深了，生离尚且不能堪，何况死别？再加以宗教的迷信，以为死后可以夫妇团圆。因此有许多妇人，夫死之后，情愿杀身从夫于地下。这个不属于贞操问题。但我以为无论如何，这也是个人恩爱问题，应由个人自由意志去决定。无论如何，法律总不该正式褒扬妇人自杀殉夫的举动。一来呢，殉夫既由于个人的恩爱，何须用法律来褒扬鼓励？二来呢，殉夫若由于死后团圆的迷信，更不该有法律的褒扬了。三来呢，若用法律来褒扬殉夫的烈妇，有一些好名的妇人，便要借此博一个“青史留名”；是法律的褒扬反发生一种沽名钓誉，作伪不诚的行为了！

第三，贞女烈女问题。未嫁而夫死的女子，守贞不嫁的，是“贞女”；杀身殉夫的，是“烈女”。我上文说过，夫妇之间若没有恩爱，即没有贞操可说。依此看来，那未嫁的女子，对于她丈夫有何恩爱？既无恩爱，更有何贞操可守？我说到这里，有个朋友驳我道，“这话别人说了还可，胡适之可不该说这话。为什么呢？你自己曾做过一首诗，诗里有一段道：

我不认得他，他不认得我，我却常念他，这是为什么？
岂不因我们，分定常相亲？由分生情意，所以非路人。
海外土生子，生不识故里，终有故乡情，其理亦如此。

依你这诗的理论看来，岂不是已订婚而未嫁娶的男女因为名分已定，也会有一种情意。既有了情意，自然发生贞操问题。你如今又说未婚嫁的男女没有恩爱，故也没有贞操可说，可不是自相矛盾吗？”

我听了这段驳论，几乎开口不得。想了一想，我才回答道：我那首诗所说名分上发生的情意，自然是有的；若没有那种名分上的情意，中国的旧式婚姻绝不能存在。如旧日女子听人说他未婚夫的事，即面红害羞，即留神注意，可见她对她未婚夫实有这种名分上所发生的情意。但这种情意完全属于理想的。这种理想的情意往往因实际上的反证，遂完全消灭。如女子悬想一个可爱的丈夫，及到嫁时，只见一个极下流不堪的男子，她如何能坚持那从前理想中的情意呢？我承认名分可以发生一种情意，我并且希望一切名分都能发生相当的情意。但这种理想的情意，依我看来实在不够发生终身不嫁的贞操，更不够发生杀身殉夫的节烈。即使我更让一步，承认中国有些女子，例如吴趼人《恨海》里那个浪子的聘妻，深中了圣贤经传的毒，由名分上真能生出极浓挚的情意，无论她未婚夫如何淫荡，人格如何堕落，依旧贞一不变。试问我们在这个文明时代，是否应该赞成提倡这种盲从的贞操？这种盲从的贞操，只值得一句“其愚不可及也”的评论，却不值得法律的褒扬。法律既许未嫁的女子夫死再嫁，便不该褒扬处女守贞。至于法律褒扬无辜女子自杀以殉不曾见面的丈夫，那更是男子专制时代的风俗，不该存在于现今的世界。

总而言之，我对于中国人的贞操问题，有三层意见。

第一，这个问题，从前的人都看作“天经地义”，一味盲从，全不研究“贞操”两字究竟有何意义。我们生在今日，无论提倡何种道德，总该想想那种道德的真意义是什么。《墨子》说得好：

子墨子问于儒者曰："何故为乐？"曰："乐以为乐也。"子墨子曰："子未我应也。今我问曰：'何故为室？'曰：'冬避寒焉，夏避暑焉，室以为男女之别也。'则子告我为室之故矣。今我问曰：'何故为乐？'曰：'乐以为乐也。'是犹曰：'何故为室？'曰：'室以为室也。'"（《公孟》篇）

今试问人"贞操是什么？"或"为什么你褒扬贞操？"他一定回答道："贞操就是贞操。我因为这是贞操，故褒扬他。"这种"室以为室也"的论理，便是今日道德思想宣告破产的证据。故我做这篇文字的第一个主意只是要大家知道"贞操"这个问题并不是"天经地义"，是可以彻底研究，可以反复讨论的。

第二，我以为贞操是男女相待的一种态度，乃是双方交互的道德，不是偏于女子一方面的。由这个前提，便生出几条引申的意见：（一）男子对于女子，丈夫对于妻子，也应有贞操的态度；（二）男子做不贞操的行为，如嫖妓娶妾之类，社会上应该用对待不贞妇女的态度来对待他；（三）妇女对于无贞操的丈夫，没有守贞操的责任；（四）社会法律既不认嫖妓纳妾为不道德，便不该褒扬女子的"节烈贞操"。

第三，我绝对地反对褒扬贞操的法律。我的理由是：

（一）贞操既是个人男女双方对待的一种态度，诚意的贞操是完全自动的道德，不容有外部的干涉，不须有法律的提倡。

（二）若用法律的褒扬为提倡贞操的方法，势必至造成许多沽名钓誉，不诚实，无意识的贞操举动。

（三）在现代社会，许多贞操问题，如寡妇再嫁，处女守贞，等等问题的是非得失，却都还有讨论余地，法律不当以武断的态度制定褒贬的规条。

（四）法律既不奖励男子的贞操，又不惩男子的不贞操，便不该单独提倡女子的贞操。

（五）以近世人道主义的眼光看来，褒扬烈妇烈女杀身殉夫，都是野蛮残忍的法律，这种法律，在今日没有存在的地位。

1918 年 7 月

拜金主义

吴稚晖先生在今年5月底曾对我说："适之先生，你千万再不要提倡那害人误国的国故整理了。现在最要紧的是要提倡一种纯粹的拜金主义。"我因为个人兴趣上的关系，大概还不能完全抛弃国故的整理。但对于他说的拜金主义的提倡，我却表示二十四分的赞成。

拜金主义并没有什么深奥的教旨，吴稚晖先生在他的《一个新信仰的宇宙观与人生观》里，曾发挥过这种教义。简单说来，拜金主义只有三个信条：

第一，要自己能挣饭吃。

第二，不可抢别人的饭吃。

第三，要能想出法子来，开出生路来，叫别人有挣饭吃的机会。

《朱砂痣》里有一句说白："原来银子是一件好宝贝。"这就是拜金主义的浅说。银子为什么是一件好宝贝呢？因为没有银子便是贫穷，贫穷便是一切罪恶的来源。《朱砂痣》里那个男子因为贫穷，便肯卖妻子，卖妻子便是一桩罪恶。你仔细想想，哪一件罪恶不是由于贫穷的？小偷，大盗，扒儿手，绑票，卖娼，贪贼，卖国，哪一件不是由于贫穷？

所以古人说：

衣食足而后知荣辱，

仓廪实而后知礼节。

这便是拜金主义的人生观。

一班瞎了眼睛，迷了心头孔的人，不知道人情是什么，偏要大骂西洋人，尤其是美国人，骂他们"崇拜大拉"（Worship the dollar）！

我们不配骂人崇拜大拉；请回头看看我们自己崇拜的是什么！

一个老太婆，背着一只竹箩，拿着一根铁扦，天天到巷堂里扒垃圾堆，去寻找那垃圾堆里一个半个没有烧完的煤球，一寸两寸稀烂奇脏的破布。——这些人崇拜的是什么！

要知道，这种人连半个没有烧完的煤球也不肯放过，还能有什么“道德”“牺牲”“廉洁”“路不拾遗”？

所以现今的要务是要充分提倡拜金主义，提倡人人要挣饭吃。

上海青年会里的朋友们现在办了一种职业学校，要造成一些能自己挣饭吃的人才，这真是大做好事，功德无量。我想社会上一定有些假充道学的人，嫌这个学校的拜金气味太重，所以写这篇短文，预先替他们做点辩护。

1927年8月26日

“我的儿子”

一　汪长禄先生来信

昨天上午我同太虚和尚访问先生，谈起许多佛教历史和宗派的话，耽搁了一点多钟的工夫，几乎超过先生平日见客时间的规则五倍以上，实在抱歉得很。后来我和太虚匆匆出门，各自分途去了。晚边回寓，我在桌子上偶然翻到最近《每周评论》的文艺那栏，上面题目是《我的儿子》四个字，下面署了一个“适”字，大约是先生做的。这种议论我从前在《新潮》《新青年》各报上面已经领教多次，不过昨日因为见了先生，加上“叔度汪汪”的印象，应该格外注意一番。我就不免有些意见，提起笔来写成一封白话信，送给先生，还求指教指教。

大作说，“树本无心结子，我也无恩于你”。这和孔融所说的“父之于子当有何亲……”“子之于母亦复奚为……”差不多同一样的口气。我且不去管他。下文说的，“但是你既来了，我不能不养你教你，那是我对人道的义务，并不是待你的恩谊。”这就是做父母一方面的说法。换一方面说，做儿子的也可模仿同样口气说道：“但是我既来了，你不能不养我教我，那是你对人道的义务，并不是待我的恩谊。”那么两方面变成了跛形的义务者和权利者，实在未免太不平等了。平心而论，旧时代的见解，好端端生在社会一个人，前途何等遥远，责任何等重大，为父母的单希望他做他俩的儿子，固然不对。但是照先生的主张，竟把一般做儿子的抬举起来，看做一个“白吃不回账”的主顾，那又未免太“矫枉过正”罢。

现在我且丢却亲子的关系不谈，先设一个譬喻来说。假如有位朋友留我在他家里住上若干年，并且供给我的衣食，后来又帮助我的学费，一直到我能够独立生活，他才放手。虽然这位朋友发了一个大愿，立心做个大施主，并不希望我些许报答，难道我自问良心能够就是这么拱拱手同他离开便算了吗？我以为亲子的关系，无论怎样改革，总比朋友较深一层。就是同朋友一样平等看待，果然有个鲍叔再世，把我看做管仲一般，也不能够说“不是待我的恩谊”罢。

大作结尾说道：“我要你做一个堂堂的人，不要你做我的孝顺儿子。”这话我倒并不十分反对。但是我以为应该加上一个字，可以这么说：“我要你做一个堂堂的人，不单要你做我的孝顺儿子。”为什么要加上这一个字呢？因为儿子孝顺父母，也是做人的一种信条，和那“悌弟”“信友”“爱群”等等是同样重要的。旧时代学说把一切善行都归纳在“孝”字里面，诚然流弊百出。但一定要把“孝”字“驱逐出境”，划在做人事业范围以外，好像人做了孝子，便不能够做一个堂堂的人。换一句话，就是人若要做一个堂堂的人，便非打定主意做一个不孝之子不可。总而言之，先生把“孝”字看得与做人的信条立在相反的地位。我以为“孝”字虽然没有“万能”的本领，但总还够得上和那做人的信条凑在一起，何必如此“雷厉风行”硬要把他“驱逐出境”呢？

前月我在一个地方谈起北京的新思潮，便联想到先生个人身上。有一位是先生的贵同乡，当时插嘴说道：“现在一般人都把胡适之看做洪水猛兽一样，其实适之这个人旧道德并不坏。”说罢，并且引起事实为证。我自然是很相信的。照这位贵同乡的说话推测起来，先生平日对于父母当然不肯做那“孝”字反面的行为，是绝无疑义了。我怕的是一般根底浅薄的青年，动辄抄袭名人一两句话，敢于扯起幌子，便“肆无忌惮”起来。打个比方，有人昨天看见《每周评论》

上先生的大作，也便可以说道："胡先生教我做一个堂堂的人，万不可做父母的孝顺儿子。"久而久之，社会上布满了这种议论，那么任凭父母老病冻饿以至于死，都可以不去管他了。我也知道先生的本意无非看见旧式家庭过于"束缚驰骤"，急急地要替他调换空气，不知不觉言之太过，那也难怪。从前朱晦庵说得好，"教学者如扶醉人"，现在的中国人真算是大多数醉倒了。先生可怜他们，当下告奋勇，使一股大劲，把他从东边扶起。我怕是用力太猛，保不住又要跌向西边去。那不是和没有扶起一样吗？万一不幸，连性命都要送掉，那又向谁叫冤呢？

我很盼望先生有空闲的时候，再把那"我的父母"四个字做个题目，细细地想一番。把做儿子的对于父母应该怎样报答的话（我以为一方面做父母的儿子，同时在他方面仍不妨做社会上一个人），也得咏叹几句，"恰如分际""彼此兼顾"，那才免得发生许多流弊。

二　我答汪先生的信

前天同太虚和尚谈论，我得益不少。别后又承先生给我这封很诚恳的信，感谢之至。

"父母于子无恩"的话，从王充、孔融以来，也很久了。

从前有人说我曾提倡这话，我实在不能承认。直到今年我自己生了一个儿子，我才想到这个问题上去。我想这个孩子自己并不曾自由主张要生在我家，我们做父母的不曾得他的同意，就糊里糊涂地给了他一条生命。况且我们也并不曾有意送给他这条生命。我们既无意，如何能居功？如何能自以为有恩于他？他既无意求生，我们生了他，我们对他只有抱歉，更不能"市恩"了。我们糊里糊涂地替社会上添了一个人，这个人将来一生的苦乐祸福，这个人将来在社会上的功罪，我们应该负一部分的责任。说得偏激一点，我们生一个儿子，就好比替他种下了祸根，又替社会种下了祸根。他也许养成坏习惯，做一个短命浪子；他也许更堕落下去，做一个军阀派的走狗。所以我们"教他养他"，只是我们自己减轻罪过的法子，只是我们种下祸根之后自己补过弥缝的法子。这可以说是恩典吗？

我所说的，是从做父母的一方面设想的，是从我个人对于我自己的儿子设想的，所以我的题目是"我的儿子"。我的意思是要我这个儿子晓得我对他只有抱歉，绝不居功，绝不市恩。至于我的儿子将来怎样待我，那是他自己的事。我绝不期望他报答我的恩，因为我已宣言无恩于他。

先生说我把一般做儿子的抬举起来，看做一个"白吃不还账”的主顾。这是先生误会我的地方。我的意思恰同这个相反。我想把一般做父母的抬高起来，叫他们不要把自己看做一种“放高利债”的债主。

先生又怪我把“孝”字驱逐出境。我要问先生，现在“孝子”两个字究竟还有什么意义？现在的人死了父母都称“孝子”。孝子就是居父母丧的儿子（古书称为“主人”），无论怎样忤逆不孝的人，一穿上麻衣，戴上高梁冠，拿着哭丧棒，人家就称他做“孝子”。

我的意思以为古人把一切做人的道理包在孝字里，故战阵无勇，莅官不敬，等等都是不孝。这种学说，先生也承认他流弊百出。所以我要我的儿子做一个堂堂的人，不要他做我的孝顺儿子。我的意想以为“一个堂堂的人”绝不至于做打爹骂娘的事，绝不至于对他的父母毫无感情。

但是我不赞成把“儿子孝顺父母”列为一种“信条”。易卜生的《群鬼》里有一段话很可研究（《新潮》第五号页八五一）：

（孟代牧师）你忘了没有，一个孩子应该爱敬他的父母？

（阿尔文夫人）我们不要讲得这样宽泛。应该说：“欧士华应该爱敬阿尔文先生（欧士华之父）吗？”

这是说，“一个孩子应该爱敬他的父母”是耶教一种信条，但是有时未必适用。即如阿尔文一生纵淫，死于花柳毒，还把遗毒传给他的儿子欧士华，后来欧士华毒发而死。请问欧士华应该孝顺阿尔文吗？若照中国古代的伦理观念自然不成问题。但是在今日可不能不成问题了。假如我染着花柳毒，生下儿子又聋又瞎，终身残废，他应该爱敬我吗？又假如我把我的儿子应得的遗产都拿去赌输了，使他衣食不能完全，教育不能得着，他应该爱敬我吗？又假如我卖国卖主义，做了一国一世的大罪人，他应该爱敬我吗？

至于先生说的，恐怕有人扯起幌子，说，“胡先生教我做一个堂堂的人，万不可做父母的孝顺儿子。”这是他自己错了。我的诗是发表我生平第一次做老子的感想，我并不曾教训我家的儿子！

总之，我只说了我自己承认对儿子无恩，至于儿子将来对我作何感想，那是他自己的事，我不管了。

先生又要我做“我的父母”的诗。我对于这个题目，也曾有诗，载在《每周评论》第一期和《新潮》第二期里。

1919年8月

附：胡适诗二则

我的儿子

我实在不要儿子，
儿子自己来了。
“无后主义”的招牌，
于今挂不起来了！

譬如树上开花，
花落偶然结果。
那果便是你。
那树便是我。
树本无心结子，
我也无恩于你。

但是你既来了，
我不能不养你教你，
那是我对人道的义务，
并不是待你的恩谊。

将来你长大时，

莫忘了我怎样教训儿子：

我要你做一个堂堂的人，

不要你做我的孝顺儿子。

十二月一日奔丧到家

往日归来，才望见竹竿尖，才望见吾村，

便心头乱跳，遥知前面，老亲望我，含泪相迎。

“来了？好呀！”——更无别语，说尽心头欢喜悲酸无限情。

偷回首，揩干泪眼，招呼茶饭，款待归人。

今朝，——

依旧竹竿尖，依旧溪桥，——

只少了我的心头狂跳！——

何消说一世的深恩未报！

何消说十年来的家庭梦想，都一一云散烟消！——

只今日到家时，更何处能寻他那一声“好呀，来了！”

“旧瓶不能装新酒”吗

近人爱用一句西洋古话：“旧瓶不能装新酒。”我们稍稍想一想，就可以知道这句话一定是翻译错了，以讹传讹，闹成了一句大笑话。一个不识字的老妈子也会笑你：“谁说旧瓶子装不了新酒？您府上装新酒的瓶子，哪一个不是老啤酒瓶子呢？您打哪儿听来的奇谈？”

这句话的英文是“No man put the new wine into old bottles”，译成了“没有人把新酒装在旧瓶子里”，好像一个字不错，其实是大错了。错在那个“瓶子”上，因为这句话是犹太人的古话，犹太人装酒是用山羊皮装的。这句古话出于《马可福音》第二章二十二节，全文是：

也没有人把新酒装在旧皮袋里，恐怕酒把皮袋裂开，酒和皮袋就都坏了。只有把新酒装在新皮袋里。

这是1823年的官话译本。1804年的文言译本用“旧革囊”译“Old bottles”。皮袋用久了，禁不起新酒，往往要裂开。（此项装酒皮袋是用山羊皮做的，光的一面做里子。耶路撒冷人至今用这法子。）若用瓦瓶子、瓷瓶子、玻璃瓶子，就不怕装新酒了。百年前翻译《新约》的人知道这个道理，所以不用“瓶”字，而用“旧皮袋”“旧革囊”。今人不懂得犹太人的酒囊做法，见了“Bottles”就胡乱翻作“瓶子”，所以闹出“旧瓶不能装新酒”的傻话来了。

这番话不仅仅是做“酒瓶子”的考据，其中颇有一点道理值得我们想想。

能不能装新酒，要看是旧皮袋，还是旧瓷瓶。“旧瓶不能装新酒”是错的，可是“旧皮囊装不得新酒”是不错的。

昨天在《大公报》上看见我的朋友蒋廷黻先生的星期论文，题目是“新名词，旧事情”。他的大意是说：

总而言之，近代的日本是拿旧名词来干新政治，近代的中国是拿新名词来玩旧政治。日本托古以维新，我们则假新以复旧。其结果的优劣，早已为世人所共知共认。推其故，我们就知道这不是偶然的。第一，旧名词如同市场上的旧货牌，已得社会信仰。……所以善于经商者情愿换货不换牌子。第二，新名词的来源既多且杂……正如市上的杂牌伪牌太多了，顾客就不顾牌子了，所以新名词既无号召之力，又使社会纷乱。第三，意态是环境的产物。……环境不变而努力于新意态新名词的制造，所得成绩一定是皮毛。

他在这一篇里也提到“旧瓶装新酒”的西谚。他说：

日本人于名词不嫌其旧，于事业则求其新。他们维新的初步是尊王废藩。他们说这是复古。但是他们在这复古的标语之下建设了新民族国家。……日本政治家一把新酒搁在旧瓶子里，日本人只叹其味之美，所以得有事半功倍之效。

我想，蒋先生大概也不曾细考酒瓶子有种种的不同，日本人用的大概是瓦瓶子，瓶底子不容易沥干净，陈年老酒沥积久了，新酒装进去，也就沾其余香，所以倒出来令人叹其味之美。鸦片烟鬼爱用老烟斗，吸淡巴菰的老瘾也爱用多年的老烟斗，都是同一道理。可是二三十年前，咱们中国人也曾提出不少“复古”的标语。“共和”比“尊王废藩”古得多了，据说是西历纪元前八百多年就实行过十四年的“共和”；更推上去，还可以上溯尧舜的禅让。“维新”“革命”也都有古经的根据。祭天、祀孔、复辟，也都是道地的老牌子。孙中山先生也曾提出“王道”和“忠孝仁爱”等等老牌子。陈济棠先生和邹鲁先生在广东还正在提倡人人读《孝经》哩！奇怪得很，这些“老牌子”怎么也和“新名词”一样“无号召之力”呢？我想，大概咱们用来装新酒的，不是瓷瓦，不是玻璃，只是古犹太人的“旧皮袋”，所以恰恰应了犹太圣人说的“旧革囊装不得新酒”的古话。

蒋先生说：

问题是这些新主义与我们这个旧社会合适不合适。

是的！这确是一个问题。不过同时我们也可以对蒋先生说：

问题是那些老牌子与我们这个新社会合适不合适。

这也是一个真实的问题。因为，无论蒋先生如何抹杀新事情，眼前的中国已不是“旧社会”一个名词能包括的了。

千不该，万不该，西洋鬼子打上门来，逼我们钻进这新世界，强迫我们划一个新时代。若说我们还不够新，那是无可讳的。若说这还是一个“旧社会”，还是应该要倚靠“有些旧名词的号召力”，那就未免太抹杀事实了。

平心而论，近代的日本也并不是“拿旧名词来干新政治”。因为日本的皇室在那一千二百年之中全无实权，只有空名，所以“尊王”在当日不是旧名词。因为幕府专政藩阀割据已有了七百年之久，所发“覆幕废藩”在当日也不是旧名词。这都是新政治，不是旧名词。

我们今日需要的是新政治，即是合适于今日中国的需要的政治。我们要学人家“干新政治”，不必问他们用的是新的或旧的名词。

1934 年 1 月 23 日

三、戴一副有光的教育之眼镜

为什么读书

青年会叫我在未离南方赴北方之前在这里谈谈，我很高兴，题目是“为什么读书”。现在读书运动大会开始，青年会拣定了三个演讲题目。我看第二个题目“怎样读书”很有兴味，第三个题目“读什么书”更有兴味，第一个题目无法讲，“为什么读书”，连小孩子都知道，讲起来很难为情，而且也讲不好。所以我今天讲这个题目，不免要侵犯其余两个题目的范围，不过我仍旧要为其余两位演讲的人留一些余地。现在我就把这个题目来试一下看。我从前也有过一次关于读书的演讲，后来我把那篇演讲录略事修改，编入三集文存里面，那篇文章题目叫作《读书》，其内容性质较近于第二个题目，诸位可以拿来参考。今天我就来试试“为什么读书”这个题目。

从前有一位大哲学家做了一篇《读书乐》，说到读书的好处，他说："书中自有千钟粟，书中自有黄金屋，书中自有颜如玉。"这意思就是说，读了书可以做大官，获厚禄，可以不至于住茅草房子，可以娶得年轻的漂亮太太（台下哄笑）。诸位听了笑起来，足见诸位对于这位哲学家所说的话不十分满意，现在我就讲所以要读书的别的原因。

为什么要读书？有三点可以讲：第一，因为书是过去已经知道的知识学问和经验的一种记录，我们读书便是要接受这人类的遗产；第二，为要读书而读书，读了书便可以多读书；第三，读书可以帮助我们解决困难，应付环境，并可获得思想材料的来源。我一踏进青年会的大门，就看见许多关于读书的标语。为什么读书？大概诸位看了这些标语就都已知道了，现在我就把以上三点更详细地说一说。

第一，因为书是代表人类老祖宗传给我们的知识的遗产，我们接受了这遗产，以此为基础，可以继续发扬光大，更在这基础之上，建立更高深更伟大的知识。人类之所以与别的动物不同，就是因为人有语言文字，可以把知识传给别人，又传至后人，再加以印刷术的发明，许多书报便印了出来。人的脑很大，与猴不同，人能造出语言，后来更进一步而有文字，又能刻木刻字，所以人最大的贡献就是过去的知识和经验，使后人可以节省许多脑力。非洲野蛮人在山野中遇见鹿，他们就画了一个人和一只鹿以代信，给后面的人叫他们勿追。但是把知识和经验遗给儿孙有什么用处呢？这是有用处的，因为这是前人很好的教训。现在学校里各种教科，如物理、化学、历史等等，都是根据几千年来进步的知识编纂成书的，一年、两年，或者三年教完一科。自小学、中学，而至大学毕业，这十六年中所受的教育，都是代表我们老祖宗几千年来得来的知识学问和经验，所谓进化，就是叫人节省劳力。蜜蜂虽能筑巢，能发明，但传下来就只有这一点知识，没有继续去改革改良，以应付环境，没有做格外进一步的工作。人呢，达不到目的，就再去求进步，而以前人的知识学问和经验作参考。如果每样东西，要个个人从头学起，而不去利用过去的知识，那不是太麻烦了吗？所以人有了这知识的遗产，就可以自己去成家立业，就可以缩短工作，使有余力做别的事。

第二点稍复杂，就是为读书而读书，为求过去的知识而读书。不错，知识可以从书本中得来，但读书不是那么容易的一件事情，不读书不能读书，要能读书才能多读书。好比戴了眼镜，小的可以放大，模糊的可以看得清楚，远的可以变近，所以读书要戴眼镜。不读书，学问不能进去，读书没有门径，学问也不能进去。王安石对曾子固说："读经而已，则不足以知经。”所以他对于本草、内经、小说，无所不读，这样对于经才可以明白一些，所谓“致其知而后读”，读书无非扩充知识而已。我十二岁时，各种小说都看得懂，到了三十年以后，再回头看，很多不懂。讲到《诗经》，从前以为讲的是男女爱情、文王后妃一类的事，从前是戴了一副黑眼镜去看，现在换了一副眼镜，觉得完全不同。现在才知道《诗经》和民间歌谣很有关系。对于民间歌谣的研究，近来很有进步，北京有歌谣周刊，歌谣丛书，关于各地歌谣收罗很广。我们如果能把歌谣的文章，社会学，人类学，研究一下，就可以知道幼稚时代的环境和生活很有趣味，例如《诗经》里有一段说：“野有死麇，白茅包之，有女怀春，吉士诱之。”在从前眼光看来，觉得完全讲不通，现在才知道当时野蛮人社会有一种风俗，就是男子向女子求婚，要打野兽送到女家，若不收，便是不答应。还有《诗经》里“窈窕淑女”一节，从比较民族学眼光看来，我们可以知道当时社会的人，吃饭时可以打鼓弹琴，丝毫没有受礼教的束缚。再从文法方面来观察，像《诗经》里“之子于归”“黄鸟于飞”“凤凰于飞”的“于”字，此外，《诗经》里又有几百个“维”字，这些都是有作用无意义的虚字，但以前的人却从未注意及此。所以书是越看越有意义，书越多读越能读书。再说在《墨子》一书里，差不多各种学问都有，像光学、力学、逻辑、算学、几何学上的圆和平行线，以及经济学上的购买力和货币，几乎什么都讲到了，但你要懂得光学，才能懂得墨子所说的光，你要懂得各种知识，才能懂得墨子。总之，读书是为了要读书，多读书更可以读书。最大的毛病就在怕读书，怕书难书。越难读的书我们越要征服它们，把它们作为我们的奴隶或向导。我们要打倒难书，这才是我们的“读书乐”，若是我们有了基础的科学知识，那么，我们在读书时便能左右逢源。我再说一遍，读书的目的在于读书，要读书越多才可以读书越多。

第三点，读书可以帮助解决困难，应付环境，供给思想材料。知识是思想材料的来源。思想可分作五步，思想的起源是大的疑问。吃饭拉屎不用想，但逢着三岔路口、十字街头那样的环境，就发生困难了。走东或是走西，这样做或是那样做，困难很多。病有各样的病，发烧，头痛，多得很。第二步要把问题弄清，困难弄清。第三步才想到如何解决。读书就是出主意，暗示，但主意很多，于是又逢着困难。主意多少要看学问多少。都采用也不行。第四步就是要选择一个假定的解决方法。要想到这一个方法能不能解决，若不能，那么，就换一个；若能，就行了。这好比开锁，这一个钥匙开不开，就换一个；假定是可以开的，那么，问题就解决了。第五步就是试验。凡是有条理的思想都要经过这五步，或是逃不了这五个阶段。科学家要解决问题，侦探要侦探案件，多经过这五步。这五步之中，第三步是最重要的关键。问题当前，全靠有主意（Ideas）。主意从哪儿来呢？从学问经验中来。读书是过去知识学问经验的记录，而知识学问经验就是要用在这时候，所谓养军千日，用兵一朝。否则，学问一些都没有，遇到困难就要糊涂起来。例如达尔文把生物变迁现象研究了几十年，却想不出什么原则去整统他的材料。后来无意中看到马尔萨斯的《人口论》，说人口是按照几何学级数一倍一倍地增加，粮食是按照数学级数增加，达尔文研究了这原则，忽然触机，就把这原则应用到生物学上去，创了物竞天择的学说。譬如一条鱼可以产生二百万鱼子，这样，太平洋应该占满了，然而大鱼要吃小鱼，更大的鱼要吃大鱼，所以生物要适应环境才能生存。但按照经济学原则，达尔文主义是很没有条理的，而我们读书就是要解决这个困难。又譬如从前的人以为地球是世界的中心，后来天文学家哥白尼却主张太阳是世界的中心，绕着地球而行。据罗素说，哥白尼所以这样的解说，是因为希腊人已经讲过这句话，哥白尼想到了这句话可以解决这问题，便采用了。假使希腊没有这句话，在六十几年之后恐怕没有人敢说这句话吧。

这就是读书的好处。像这样当初逢着困难后来得到解决的事很多，单说我个人就有许多。在我的书房里有一部小说叫作《醒世姻缘》，是西周生所著，自然用的是假名字，这是17、18世纪间的出品，印好在家藏了六年。这部小说讲到婚姻问题，其内容是这样：有个好老婆，不知何故，后来忽然变坏。作者没有提及解决方法，也没有想到可以离婚，只说是前世作孽，因为在前世男虐待女，女就投生换样子，压迫者变为被压迫者。这种前世作孽，起先相爱，后来忽变的故事，我仿佛什么地方看见过，后来在《聊斋》一书中见到一篇和这相类似的笔记，也是说到一个女子，起先怎样爱着她的丈夫，后来怎样变为凶太太，便想到这部小说大约是蒲留仙[1]或是蒲留仙的朋友做的。去年我看到一本杂记，也说是蒲留仙做的，不过没有多大证据。今年我在北京，才找到了证据。这一件事可以解释刚才我所说的第二点，就是读书是为了要读书而读书，同时也可以解释第三点，就是读书可以供给出主意的来源。当初若是没有主意，到了逢着困难时便要手足无措，所以读书可以解决问题，就是军事、政治、财政、

[1] 即蒲松龄。

思想等问题，也都可以解决，这就是读书的用处。我有一位朋友，有一次傍着洋灯看小说，洋灯装有油，但是不亮，因为灯芯短了。于是他想到《伊索寓言》里有一篇故事，说是一只老鸦要喝瓶中的水，因为瓶太小，得不到水，它就衔石投瓶中，水乃上来。这位朋友是懂得化学的，加水于灯中恐怕不亮，于是投以铜元，油乃碰到灯芯。这是看《伊索寓言》看小说给他的帮助。读书好像用兵，养兵求其能用，否则即使有十万、二十万的大兵也没有用处，有的时候还要兵变呢。

至于“读什么书”，下次陈中凡先生要讲演，今天我也附带地讲一讲。我从五岁起到了四十岁，读了三十五年的书。究竟有几部书应该读，我也曾经想过。我可以诚恳地说，中国旧籍是经不起读的。其中有条理有系统的书可以说是还没有两三部，至于精心结构之作，二千五百年以来恐怕只有半打。譬如《老子》这部书，今天说一句“道可道”，明天又说一句“非常道”，没有一些系统。集是杂货店，史和子还是杂货店。至于《诗经》《礼记》《易经》也只有一点形式，讲到内容，可以说没有一些东西可以给我们改进道德增进知识的帮助的。中国书不够读，我们要另开生路，辟殖民地。这条生路，就是每一个少年人必须至少要精通一种外国文字。读外国语要读到有乐而无苦，能做到这地步，书中便有无穷乐趣。希望大家不要怕读书，起初的确要查阅字典，但假使能下一年苦功，能把所读的书的内容句句分析清楚，这样的继续不断做去，那么，在一二年中定可开辟一个乐园，还只怕求知的欲望太大，来不及读呢。我总算是老大哥，今天我就根据我过去三十五年读书的经验，给你们这一个临别的忠告。

1930 年 11 月

中学生的修养与择业

刚才吴县长报告了五十八年前我在此地的一段历史——我在三岁至四岁间，随先人在台东州住过一年多，在台南住过十个月——要我把台东看作第二家乡；昨天台南市市长也向台南市市民介绍我是台南人；这番盛意，我非常感谢！吴县长预备在这里要做纪念我先人的举动，实在不敢当。明天举行县议员选举，我将以不是候选人也不是选举人，冒充同乡，到各投票所去参观。

今天我看到了吴县长老太太，看到了她，我非常感动，她可算台东年龄最高的了，她与先母年龄相当，先母如在世，已经有七十九岁了。

我到这里不久，与县长、教育科长、校长等几位谈话，知道了台东的教育是在异常困难的情况下来推进的，我非常敬佩他们坚苦不移紧守岗位的坚毅意志，本来教育厅陈雪屏厅长预备与我们同来的，因台北有事，临时由台南赶回去了，不过教育厅还有一位视察杨日旭先生是同来的，我已经特地要他到各校去视察，并将视察结果报告教育厅，以使省府对台东的教育情形有所了解。

今天我应该讲些什么？事先曾请教吴县长、师范刘校长和同来的几位朋友，他们以今天到场的大多数是青年朋友们，也有青年朋友的父兄，因此要我讲讲中等教育的东西。同时，我到过的地方，许多朋友常常问我中学生应注重什么？中学毕业后，升学的应该怎样选科？到社会里去的应该怎样择业？我是不懂教育的，不过年纪大些，并且自己也是经过中学大学过来的，同时看到朋友们与我们自己的子弟经过中学，得到一点认识，愿意将自己的认识提出来供大家的参考，今天讲的题目，就是："中学生的修养与中学生的择业"。

中学生的修养应注意两点：

一、工具的求得。中学生大概是从十二岁的幼年到十八岁的青年，这个时期是决定他将来最重要的一个时期。求知识与做人、做事的工具，要在这个时期求得。古人说："工欲善其事，必先利其器。"中学生要将来有成就，便应该注意到“求工具”——学业上，事业上，求知识上所需要的工具。求工具的目标有二：一是中学毕业后无力升学要到社会里去就业；一是继续升学。

第一种工具是语言文字。不论就业升学，以我个人的经验和观察所得，语言文字是最需要的工具。在中学里不仅应该学好本国的语言文字，最好能多学一二种外国的语言文字。它是就业升学的钥匙，能为我们打开知识的门。多学得一种语言，等于辟开一个新的花园、新的世界。语言文字，可以说是中学时期应该求得的工具当中非常重要的了。在中学时期如果没有打好语言文字的基础，以后做学问非常的困难。而且过了这个时期，很少能够把语言文字弄好的。

第二种工具是科学的基本知识。许多人都说学了数学，将来没有什么用处，这是错误的。数学是自然科学重要的钥匙，如果不能把这个重要的钥匙——数学，与物理学、化学、生物学、矿物学、植物学等，在中学时期学好，则不能求得新的知识。所以中学时期最重要的，是把这些基本知识弄好。

青年们在学校里对于各种基本科学，不能当它是功课，是学校课程里面需要的功课，应该把它当成求知识、做学问、做人的工具，必不可少的工具。拿工具这个观念来看课程，课程便活了。拿工具这个观念来批评课程，可以得到一个标准。首先看看哪些功课够得上做工具，并分出哪些功课是求知识做学问的工具，哪些功课是做人的工具。哪些功课是重要，哪些功课是次要。同时拿工具这个观念来督促自己，来分别轻重缓急，先生的教法，也可以拿工具这个观念来衡量，哪种教法是死的笨的，请先生改良，哪些应该特别注重，请先生注意。我这个话，不是叫学生对先生造反，而是请先生以工具来教，不要死板地照课本讲，这样推动先生，可以使得先生从没有精神提起精神，不是造反而是教学相长，不把功课当作功课看，把它当作必须的工具看。拿工具的观念看功课，功课便是活的，这一点也可以说是中学生治学的方法。

二、良好习惯的养成。良好习惯的养成，即普通所谓的人品教育，品性人格的陶冶。教育学家、心理学家都告诉我们说：人品性格是习惯的养成，好的品格是好的习惯养成。中学生是定型的阶段，中学生时期与其注重治学方法，毋宁提倡良好习惯的养成。一个人的坏习惯在中学还可纠正，假使在中学里不能养成良好的习惯，这个人的前途便算完了，在大学里不会是个好学生，在社会里不会是个有用的人才。我愿在这里提醒青年学生们的注意，也请学生的父兄教师们注意。

我们的国家以前专注重文字教育，读书人的指甲蓄得很长，手脸都是白白的，行动是文绉绉的，读书可以从“学而时习之”背诵起，写文章摇摇摆摆地会写出许多好听的词句来，可是他们是无用的，不能动手，也不能动脚，连桌凳有一点坏了，也不能拿起斧头钉子来修理。这种只能背书写文章的读书人就是没有养成良好的习惯——动手动脚的习惯。

我在台湾大学讲《治学方法》时，讲到一个故事：宋时有一新进士请教老前辈做官的秘诀，老前辈告诉他四个字：勤谨和缓。这四个字大家称为做官的秘诀，我把它看作做人、做事、做学问的秘诀。简单地分别说：

勤，就是不偷懒，不走捷径，要切切实实，辛辛苦苦地去做。要用眼睛的用眼睛，用手的用手，用脚的用脚，先生叫你找材料，你就到应该到的地方去找。叫你找标本，你就到田野，到树林里去找，无论在实验室里，在自然界里，都不要偷懒，一点一滴地去做。

谨，就是谨慎，不粗心，不苟且，以江浙的俗话来说，不拆烂污。写汉字，一点、一横也不放过；写外国字，“i”的一点、“t”的一横，也一样不放过；做数学，一个圈、一个小数点都不苟且。不要以为这是小事情，做小事关系天下的大事，做学问关系成败，所以细心谨慎，是必须养成的习惯。

和，就是不要发脾气，不要武断，要虚心，要和和平平。什么叫作虚心？脑筋不存成见，不以成见来观察事，不以成见来对待人。就做学问来说，要以心平气和的态度来做化学、数学、历史、地理，并以心平气和的态度来学语文。无论对事、对人、对物、对问题、对真理，完全是虚心的，这叫作和。

缓，这个字很重要，“缓”的意思是不要忙，不轻易下结论。如果没有缓的习惯，前面三个字就不容易做到。譬如找证据，这是很难的工作，如果限定几点钟交卷，就不能做到勤的工夫；忙于完成，证据不够，不管它了，这样就不能做到谨的工夫；匆匆忙忙地去做，当然不能做到和的工夫。所以证据不够，应该悬而不断，就是姑且先挂在那里，悬而不断，并不是叫你搁下来不管，是要你勤，要你谨，要你和。缓，就是南方人说的“凉凉去吧”，缓的意思，是要等着找到了充分的证据，然后根据事实来下判断。无论做学问、做事、做官、做议员，都是一样的。大家知道治花柳病的名药“六〇六”吧？什么叫“六〇六”呢？经过六百零六次的试验才成功的。“九一四”则试验了九百一十四次。达尔文的生物进化论，认为动植物的生存进化与环境有绝大的关系，也费了三十年的工夫，到四海去搜集标本和研究，并与朋友们往复讨论。朋友们都劝他发表，他仍然不肯。后来英国皇家学会收到另一位科学家华莱士的论文，其结论与达尔文的一样，朋友们才逼着达尔文把研究的结论公布，并提出与朋友们讨论的信件，来证明他早已获得结论，于是皇家学会才决定同华莱士的论文同时发表，达尔文这种持重的态度，不是缺点，是美德，这也是科学史上勤谨和缓的实例。值得我们去想想，作为榜样，尤其青年学生们要在中学里便养成这种好习惯。有了这种好习惯，无论是做人做事做学问，将来不怕没有成就。

中学生高中毕业后，面临的问题是继续升学或到社会去找职业。升学应如何选科？到社会去如何择业？简单地说，有两个标准：

一、社会的标准。社会上所需要的，最易发财的，最时髦的是什么？这便是社会的标准。台湾大学钱校长告诉我说，今年台大招生，投考学生中外文成绩好的都投考工学院，尤其是考电机工程、机械工程的特多，考文史的则很少，因为目前社会需要工程师，学成后容易得到职业而且待遇好。这种情形，在外国也是一样的，外国最吃香的学科是原子能、物理学和航空工程，干这一行的，最受欢迎，最受优待。

二、个人的标准。所谓个人的标准，就是个人的兴趣、性情、天才近哪门学科，适于哪一行业。简单地说，能干什么。社会上需要工程师，学工程的固不忧失业，但个人的性情志趣是否与工程相合？父母兄长爱人都希望你学工程，而你的性情志趣，甚至天才，却近于诗词、小说、戏剧、文学，你如迁就父母兄长爱人之所好而去学工程，结果工程界里多了一个饭桶，国家社会失去了一个第一流的诗人、小说家、文学家、戏剧学家，不是可惜了吗？所以个人的标准比社会的标准重要。因为社会标准所需要的太多，中国人常说社会职业有三百六十行，这是以前的说法，现在何止三百六十行，也许三千六百行，三万六千行都有，三千六百行，三万六千行，行行都需要。社会上需要建筑工程师，需要水利工程师，需要电力工程师，也需要大诗人、大美术家、大法学家、大政治家，同时也需要做新式马桶的工人。能做新式马桶的，照样可以发财。社会上三万六千行，既是行行都需要，一个人绝不可能会做每行的事，顶多会二三行，普通都只能会一行。在这种情形之下，试问是社会的标准重要？还是个人的标准重要？当然是个人的重要！因此选科择业不要太注重社会上的需要，更不要迁就父母兄长爱人的所好。爸爸要你学赚钱的职业，妈妈要你学时髦的职业，爱人要你学社会上有地位的职业，你都不要管他，只问你自己和性情近乎什么？自己的天才力量能做什么？配做什么？要根据这些来决定。

历史上在这一方面，有很好的例子。意大利的伽利略是科学的老祖宗，是新的天文学家、新的物理学家的老祖宗。他的父亲是一个数学家，当时学数学的人很倒霉。在伽利略进大学的时候（三百多年前），他父亲因不喜欢数学，所以要他学医，可是他读医科，毫无兴趣，朋友们以他的绘画还不坏，认为他有美术天才，劝他改学美术，他自己也颇以为然。有一天他偶然走过雷积教授替公爵府里面做事的人补习几何学的课室，便去偷听，竟大感兴趣，于是医学不学了，画也不学了，改学他父亲不喜欢的数学。后来替全世界创立了新的天文学、新物理学，这两门学问都建筑于数学之上。

最后说我个人到外国读书的经过，民国前二年，考取官费留美，家兄特从东三省赶到上海为我送行，以家道中落，要我学铁路工程，或矿冶工程，他认为学了这些回来，可以复兴家业，并替国家振兴实业。不要我学文学、哲学，也不要学做官的政治法律，说这是没有用的。当时我同许多人谈过这个问题。以路矿都不感兴趣，为免辜负兄长的期望，决定选读农科，想做科学的农业家，以农报国。同时美国大学农科，是不收费的，可以节省官费的一部分，寄回补助家用。

进农学院以后第三个星期，接到实验系主任的通知，要我到该系报到实习。报到以后，他问我："你有什么农场经验？"我说："我不是种田的。"他又问我："你做什么呢？"我说："我没有做什么，我要虚心来学，请先生教我。"先生答应说："好。"接着问我洗过马没有，要我洗马。我说："我们中国种田，是用牛不是用马。"先生说："不行。"于是学洗马，先生洗一半，我洗一半。随即学驾车，也是先生套一半，我套一半。做这些实习，还觉得有兴趣。下一个星期的实习，为包谷选种，一共有百多种，实习结果，两手起了泡，我仍能忍耐，继续下去，一个学期结束了，各种功课的成绩，都在八十五分以上。到了第二年，成绩仍旧维持到这个水准。依照学院的规定，各科成绩在八十五分以上的，可以多选两个学分的课程，于是增选了种果学。起初是剪树、接种、浇水、捉虫，这些工作，也还觉得有兴趣。在上种果学的第二学期，有两小时的实习苹果分类，一张长桌，每个位子分置了四十个不同种类的苹果，一把小刀，一本苹果分类册，学生们须根据每个苹果的长短，开花孔的深浅、颜色、形状、果味和脆软等标准，查对苹果分类册，分别其类别（那时美国苹果有四百多类，现恐有六百多类了），普通名称和学名。美国同学都是农家子弟，对于苹果的普通名称一看便知，只需在苹果分类册里查对学名，便可填表交卷，费时甚短。我和一位郭姓同学则需一个一个地经过所有检别的手续，花了两小时半，只分类了二十个苹果，而且大部分是错的。晚上我对这种实习起了一种念头：我花了两小时半的时间，究竟是在干什么？中国连苹果种子都没有，我学它什么用处？自己的性情不相近，干吗学这个？这两个半钟头的苹果实习使我改行，于是，决定离开农科。放弃一年半的时间（这时我已上了一年半的课），牺牲了两年的学费，不但节省官费补助家用已不可能，维持学业很困难，以后我改学文科、学哲学、政治、经济、文学，在没有回国时，以前与朋友们讨论文学问题，引起了中国的文学革命运动，提倡白话，拿白话作文，做教育工具，这与农场经验没有关系，与苹果学没有关系，是我那时的兴趣所在。我的玩意儿对国家贡献最大的便是文学的“玩意儿”，我所没有学过的东西。最近研究《水经注》（地理学的东西）。我已经六十二岁了，还不知道我究竟学什么？都是东摸摸、西摸摸，也许我以后还要学学水利工程亦未可知，虽则我现在头发都白了，还是无所专长，一无所成。可是我一生很快乐，因为我没有依社会需要的标准去学时髦。我服从了自己的个性，根据个人的兴趣所在去做，到现在虽然一无所成，但是我生活得很快乐，希望青年朋友们，接受我经验得来的这个教训，不要问爸爸要你学什么，妈妈要你学什么，爱人要你学什么。要问自己性情所近，能力所能做的去学。这个标准很重要，社会需要的标准是次要的。

1952 年 12 月 27 日

学生与社会

今天我同诸君所谈的题目是“学生与社会”。这个题目可以分两层讲：一、个人与社会，二、学生与社会。现在先说第一层。

一、个人与社会

（一）个人与社会有密切的关系，个人就是社会的出产品。我们虽然常说“人有个性”，并且提倡发展个性，其实个性于人，不过是千分之一，而千分之九百九十九全是社会的。我们的说话，是照社会的习惯发音；我们的衣服，是按社会的风尚为式样；就是我们的一举一动，无一不受社会的影响。

六年前我作过一首《朋友篇》，在这篇诗里我说：“清夜每自思，此身非吾有；一半属父母，一半属朋友。”如今想来，这百分之五十的比例算法是错了。此身至少有千分之九百九十九是属于广义的朋友的。我们现在虽在此地，而几千里外的人，不少的同我们发生关系。我们不能不穿衣，不能不点灯，这衣服与灯，不知经过多少人的手才造成功的。这许多为我们制衣造灯的人，都是我们不认识的朋友，这衣与灯就是这许多人不认识的朋友给予我们的。

再进一步说，我们的思想、习惯、信仰等等都是社会的出产品，社会上都说“吃饭”，我们不能改转来说“饭吃”。我们所以为我们，就是这些思想、信仰、习惯……这些既都是社会的，那么除开社会，还能有我吗？

这第一点的要义：我之所以为我，在物质方面，是无数认识与不认识的朋友的，在精神方面，是社会的，所谓“个人”差不多完全是社会的出产品。

（二）个人——我——虽仅是千分之一，但是这千分之一的“我”是很可宝贵的。普通一班的人，差不多千分之千都是社会的，思想、举动、言语、服食都是跟着社会跑。有一二特出者，有千分之一的我——个性，于跟着社会跑的时候，要另外创作，说人家未说的话，做人家不做的事。社会一班人就给他一个诨号，叫他“怪物”。

怪物原有两种：一种是发疯，一种是个性的表现。这种个性表现的怪物，是社会进化的种子，因为人类若是一代一代地互相仿照，不有变更，那就没有进化可言了。唯其有些怪物出世，特立独行，做人不做的事，说人未说的话，虽有人骂他打他，甚而逼他至死，他仍是不改他的怪言、怪行。久而久之，渐渐地就有人模仿他了，由少数的怪，变为多数，更变而为大多数，社会的风尚从此改变，把先前所怪的反视为常了。

宗教中的人物，大都是些怪物，耶稣就是一个大怪物。当时的人都以为有人打我一掌，我就应该还他一掌。耶稣偏要说："有人打我左脸一掌，我应该把右边的脸转送给他。"他的言语、行为，处处与当时的习尚相反，所以当时的人就以为他是一个怪物，把他钉死在十字架上。但是他虽死不改其言行，所以他死后就有人尊敬他，爱慕、模仿他的言行，成为一个大宗教。

怪事往往可以轰动一时，凡轰动一时的事，起先无不是可怪异的。比如缠足，当初一定是很可怪异的，而后来风行了几百年。近来把缠小的足放为天足，起先社会上同样以为可怪，而现在也渐风行了。可见不是可怪，就不能轰动一时。社会的进化，纯是千分之一的怪物，可以牺牲名誉、性命，而做可怪的事，说可怪的话以演成的。

社会的习尚，本来是革不尽，也不能够革尽的，但是改革一次，虽不能达完全目的，至少也可改革一部分的弊习。譬如辛亥革命，本是一个大改革，以现在的政治社会情况看，固不能说是完全成功，而社会的弊习——如北京的男风、官家厅的公门，等等——附带革除的，实在不少。所以在实际上说，总算是进化得多了。

这第二点的要义：个人的成分，虽仅占千分之一，而这千分之一的个人，就是社会进化的原因。人类的一切发明，都是由个人一点一点改良而成功的。唯有个人可以改良社会，社会的进化全靠个人。

二、学生与社会

由上一层推到这一层，其关系已很明白。不过在文明的国家，学生与社会的特殊关系，当不大显明，而学生所负的责任，也不大很重。唯有在文明程度很低的国家，如像现在的中国，学生与社会的关系特深，所负的改良的责任也特重。这是因为学生是受过教育的人，中国现在受过完全教育的人，真不足千分之一，这千分之一受过完全教育的学生，在社会上所负的改良责任，岂不是比全数受过教育的国家的学生，特别重大吗？

教育是给人戴一副有光的眼镜，能明白观察；不是给人穿一件锦绣的衣服，在人前夸耀。未受教育的人，是近视眼，没有明白的认识、远大的视力；受了教育，就是近视眼戴了一副近视镜，眼光变了，可以看明清楚远大。学生读了书，造下学问，不是为要到他的爸爸面前，要吃肉菜，穿绸缎；是要认他爸爸认不得的，替他爸爸说明，来帮他爸爸的忙。他爸爸不知道肥料的用法，土壤的选择，他能知道，告诉他爸爸，给他爸爸制肥料，选土壤，那他家中的收获，就可以比别人家多出许多了。

从前的学生都喜欢戴平光的眼镜，那种平光的眼镜戴如不戴，不是教育的结果。教育是要人戴能看从前看不见，并能看人家看不见的眼镜。我说社会的改良，全靠个人，其实就是靠这些戴近视镜，能看人所看不见的个人。

从前眼镜铺不发达，配眼镜的机会少，所以近视眼，老是近视看不远。现在不然了，戴眼镜的机会容易得多了，差不多是送上门来，让你去戴。若是我们不配一副眼镜戴，那不是自弃吗？若是仅戴一副看不清、看不远的平光镜，那也是可耻的事呀。

这是一个比喻，眼镜就是知识，学生应当求知识，并应当求其所要的知识。

戴上眼镜，往往容易招人家厌恶。从前是近视眼，看不见人家脸上的麻子，戴上眼镜，看见人家脸上有麻子，就要说：“你是个麻子脸。”有麻子的人，多不愿意别人说他的麻子。要听见你说他是麻子，他一定要骂你，甚而或许打你。这一改意思，就是说受过教育，就认识清社会的恶习，而发不满意的批评。这种不满意社会的批评，最容易引起社会的反感。但是人受教育，求知识，原是为发现社会的弊端，若是受了教育，而对于社会仍是处处觉得满意，那就是你的眼镜配错了光了，应该返回去审查一下，重配一副光度合适的才好。

从前伽利略因人家造的望远镜不适用，他自己造了一个扩大几百倍的望远镜，能看木星现象。他请人来看，而社会上的人反以为他是魔术迷人，骂他为怪物、革命党，几乎把他弄死。他唯其不屈不挠，不可抛弃他的学说、停止他的研究，而望远镜竟成为今日学问上、社会上重要的东西了。

总之，第一要有知识，第二要有图书。若是没骨子便在社会上站不住。有骨子就是有奋斗精神，认为是真理，虽死不畏，都要去说去做。不以我看见我知道而已，还要使一班人都认识，都知道。由少数变为多数，由多数变成大多数，使一班人都承认这个真理。譬如现在有人反对修铁路，铁路是便利交通、有益社会的，你们应该站在房上喊叫宣传，使人人都知道修铁路的好处。若是有人厌恶你们，阻挡你们，你们就要拿出奋斗的精神，与他抵抗，非把你们的目的达到。不止你们的喊叫宣传，这种奋斗的精神，是改造社会绝不可少的。

二十年前的革命家，现在哪里去了？他们的消灭不外两个原因：（1）眼镜不适用了。二十年前的康有为是一个出风头的革命家，不怕死的好汉子。现在人都笑他为守旧、老古董，都是由他不去把不适用的眼镜换一换的缘故。（2）无骨子。有一班革命家，骨子软了，人家给他些钱，或给他一个差事，教他不要干，他就不敢干了。没有一种奋斗精神，不能拿出“你不要我干，我偏要干”的决心，所以都消灭了。

我们学生应当注意的就是这两点：眼镜的光若是不对了，就去换一副对的来戴；摸着脊骨软了，要吃一点硬骨药。

我的话讲完了，现在讲一个故事来做结束。易卜生所作的《国家公敌》一剧，写一个医生斯铎曼发现了本地浴场的水里有传染病菌，他还不敢自信，请一位大学教授代为化验，果然不错。他就想要去改良它。不料浴场董事和一班股东因为改造浴池要耗费资本，拼死反对，他的老大哥与他的老丈人也都多方地以情感利诱，但他总是不可软化。他于万分困难之下设法开了一个公民会议，报告他的发明。会场中的人不但不听他的老实话，还把他赶出场去，裤子撕破，宣告他为国民公敌。他气愤不过，说："出去争真理，不要穿好裤子。"他是真有奋斗精神、能够特立独行的人，于这种逼迫之下还是不少退缩。他说："世界最有强力的人就是那最孤立的人。"我们要改良社会，就要学这"争真理不穿好裤子"的态度，相信这"最孤立的人是最有强力的人"的名言。

1922 年 2 月 19 日

一个防身药方的三味药

毕业班的诸位同学，现在都得离开学校去开始你们自己的事业了，今天的典礼，我们叫作“毕业”，叫作“卒业”，在英文里叫作“始业”（Commencement）。你们的学校生活现在有一个结束，现在你们开始进入一段新的生活，开始撑起自己的肩膀来挑自己的担子，所以叫作“始业”。

我今天承毕业班同学的好意，承阎校长的好意，来说几句话。我进大学是在五十年前（1910 年），我毕业是在四十六年前（1914 年），够得上做你们的老大哥了。今天我用老大哥的资格，应该送你们一点小礼物，我要送你们的小礼物只是一个防身的药方，给你们离开校门，进入大世界，做随时防身救急之用的一个药方。

这个防身药方只有三味药：

第一味药叫作“问题丹”。

第二味药叫作“兴趣散”。

第三味药叫作“信心汤”。

第一味药，“问题丹”，就是说：每个人离开学校，总得带一两个麻烦而有趣味的问题在身边做伴，这是你们入世的第一要紧的救命宝丹。

问题是一切知识学问的来源，活的学问、活的知识，都是为了解答实际上的困难或理论上的困难而得来的。年轻入世的时候，总得有一个两个不大容易解决的问题在脑子里，时时向你挑战，时时笑你不能对付它，不能奈何它，时时引诱你去想它。

只要你有问题跟着你，你就不会懒惰了，你就会继续有知识上的长进了。

学堂里的书，你带不走；仪器，你带不走；先生，他们不能跟你去，但是问题可以跟你走到天边！有了问题，没有书，你自会省吃省穿去买书；没有仪器，你自会卖田卖地去买仪器！没有好先生，你自会去找好师友；没有资料，你自会上天下地去找资料。

各位青年朋友，你今天离开学校，夹袋里准备了几个问题跟着你走？

第二味药，叫作“兴趣散”，这就是说：每个人进入社会，总得多发展一点专门职业以外的兴趣——“业余”的兴趣。

你们多数是学工程的，当然不愁找不到吃饭的职业，但四年前你们选择的专门职业，真是你们自己的自由志愿吗？你们现在还感觉你们手里的文凭真可以代表你们每个人终身的志愿、终身的兴趣吗？——换句话说，你们今天不懊悔吗？明年今天还不会懊悔吗？

你们在这四年里，没有发现什么新的、业余的兴趣吗？在这四年里，没有发现自己的本行以外的才能吗？

总而言之，一个人应该有他的职业，又应该有他的非职业的玩意儿。不是为吃饭而是心里喜欢做的，用闲暇时间做的——这种非职业的玩意儿，可以使他的生活更有趣、更快乐、更有意思。有时候，一个人的业余活动也许比他的职业还更重要。

英国十九世纪的两个哲学家，一个是弥尔（J. S. Mill），他的职业是东印度公司的秘书，他的业余工作使他在哲学上、经济学上、政治思想史上，都有很大的贡献。一个是斯宾塞（Herbert Spencer），他是一个测量工程师，他的业余工作使他成为一个很有势力的思想家。

英国的大政治家丘吉尔，政治是他的终身职业，但他的业余兴趣很多，他在文学、历史两方面都有大成就；他用余力作油画，成绩也很好。

美国大总统艾森豪先生，他的终身职业是军事，人都知道他最爱打高尔夫球，但我们知道他的油画也很有功夫。

各位青年朋友，你们的专门职业是不用愁的了，你们的业余兴趣是什么？你们能做的、爱做的业余活动是什么？

第三味药，我叫他“信心汤”，这就是说：你总得有一点信心。

我们生存在这个年头，看见的、听见的，往往都是可以叫我们悲观、失望的——有时候竟可以叫我们伤心，叫我们发疯。

这个时代，正是我们要培养我们的信心的时候，没有信心，我们真要发狂自杀了。

我们的信心只有一句话“努力不会白费”，没有一点努力是没有结果的。

对你们学工程的青年人，我还用多举例来说明这种信心吗？工程师的人生哲学当然建筑在“努力不白费”的定律的基石之上。

我只举这短短几十年里大家都知道的两个例子：

一个是亨利•福特（Henry Ford），这个人没有受过大学教育，他小时半工半读，只读了几年书，十六岁就在一小机器店里做工，每周工钱两块半美金，晚上还得去帮别家做夜工。

五十七年前（1903 年）他三十九岁，他创立 Ford Motor Co.（福特汽车公司），原定资本十万元，只招得两万八千元。

五年之后（1908 年），他造成了他的最出名的 Model T 汽车，用全力制造这一种车子。

1913 年——我已在大学三年级了，福特先生创立他的第一副“装配线”（Assembly line）。

1914 年——四十六年前——他就能够完全用“装配线”的原理来制造他的汽车了。同时（1914 年）他宣布他的汽车工人每天只工作八点钟，比别处工人少一点钟——而每天最低工钱五元美金，比别人多一倍。

他的汽车开始是九百五十元一部，他逐年减低卖价，从九百五十元直减到三百六十元——第一次世界大战之后，减到二百九十元一部。

他的公司，在创办时（1903 年）只有两万八千元的资本——到二十三年之后（1926 年）已值得十亿美金了！已成了全世界最大的汽车公司了。1915 年，他造了一百万部汽车，1928 年，他造了一千五百万部车。

他的“装配线”的原则在二十年里造成了全世界的“工

业新革命”。

福特的汽车在五十年中征服全世界的历史还不能叫我们发生“努力不白费”的信心吗？

第二个例子是航空工程与航空工业的历史。

也是五十七年前——1903 年 12 月 17 日，正是我十二整岁的生日——那一天，在北卡罗来纳州的海边 Kitty Hawk（基帝霍克）沙滩上，两个修理脚踏车的匠人，兄弟两人，用他们自己制造的一架飞机，在沙滩上试起飞。弟弟叫 Owille Wright，他飞起了十二秒钟。哥哥叫 Wilbur Wright，他飞起了五十九秒钟。

那是人类制造飞机飞在空中的第一次成功——现在那一天（12 月 17 日）是全美国庆祝的“航空日”——但当时并没有人注意到那两个弟兄的试验，但这两个没有受过大学教育的脚踏车修理匠人，他们并不失望，他们继续试飞，继续改良他们的飞机，一直到四年半之后（1908 年 5 月），才有重要的报纸来报道那两个人的试飞，那时候，他们已能在空中飞三十八分钟了！

这四十年中，航空工程的大发展，航空工业的大发展，这是你们学工程的人都知道的。航空工业在最近三十年里已成了世界最大工业的一种。

我第一次看见飞机是在 1912 年。我第一次坐飞机是在 1930 年。我第一次飞过太平洋是在二十三年前（1937 年）；第一次飞过大西洋是在十五年前（1945 年），当我第一次飞渡太平洋的时候，从香港到旧金山总共费了七天！去年我第一次坐 Jet 机，从旧金山到纽约，五个半钟点飞了三千英里！下月初，我又得飞过太平洋，中午起飞，当天晚上就到美国西岸了！

五十七年前，Kitty Hawk 沙滩上两个脚踏车修理匠人自造的一个飞机居然在空中飞起了十二秒钟，那十二秒钟的飞行就给人类打开了一个新的时代——打开了人类的航空时代。

这不够叫我们深信“努力不会白费”的人生观吗？

古人说，“信心可以移山”（Faith moves mountains），又说“功不唐捐”（唐是“空”的意思），还说：“只要功夫深，生铁磨成绣花针。”

青年的朋友，你们有这种信心没有？

1960 年 6 月 18 日

知识的准备

一

在这个值得纪念的仪式完毕之后，你们就被列入少数特权分子之列——大学毕业生。今天并不是标示着人生一段时期的结束或完毕，而是一个新生活的开始，一个真正生活和真正充满责任的开端。

人家对你们作为大学毕业生的，总期望会与平常人有所不同，和大多数没有念过大学的人有所不同。他们预料你们言行会有怪异之处。

你们有些人或许不喜欢人家把你们视为与众不同、言行怪异的人。你们或许想要和群众混在一起，不分彼此。

让我们向你们保证，要回到群众中间，使人不分彼此，是一件容易做到的事。假如你们有这个愿望，你们随时都可以做到，你们随时都可以成为一个“好同伴”，一个“易于相处的人”，而人们，包括你们自己，马上就会忘记你们曾经念过大学这回事。

虽然大学教育当然不该把我们造成为“势利之徒”和“古怪的人”，可是我们大学毕业生一直保留一点与众不同的标志，却也不是一件坏事。这一点与众不同的标志，我相信，是任何学术机构的教育家所最希望造成的。

大学男女学生与众不同的这个标志是什么呢？多数教育家都很可能会同意地说，那是一个多少受过训练的脑筋——一个多少有规律的思想方式——这会使得，也应当使得，受大学教育的人显出有些与众不同的地方。

一个头脑受过训练的人在看一件事是用批判和客观的态度，而且也用适当的知识学问为凭依。他不容许偏见和个人的利益来影响他的判断和左右他的观点。他一直都是好奇的，但是他绝对不会轻易相信人。他并不仓促地下结论，也不轻易地附和他人的意见，他宁愿耽搁一段时间，一直等到他有充分的时间来查考事实和证据后，才下结论。

总而言之，一个受过训练的头脑，就是对于易陷人于偏见、武断和盲目接受传统与权威的陷阱，存在戒心和疑惧。同时，一个受过训练的脑筋绝不是消极或是毁灭性的。他怀疑人并不是喜欢怀疑的缘故；也并不是认为“所有的话都有可疑之处，所有的判断都有虚假之处”。他之所以怀疑是为了想确切相信一件事。为了要根据更坚固的证据和更健全的推理为基础，来建立或重新建立信仰。

四年的研究和实验工作一定教过你们独立思考、客观判断、有系统的推理和根据证据来相信某一件事的习惯。这些就是，也应当是，标示一个人是大学生的标志。就是这些特征才使你们显得“与众不同”和“怪异”，而这些特征可能会使你们不孚众望和不受欢迎，甚至为你们社会里大多数人所畏避和摒弃。

可是，这些有点令人烦恼的特点却是你们母校于你们居留在此时间中，所教导你们而为此最感觉自豪的事。这些求知习惯的训练，如果我没有判断错误的话，也就是你们在大学里有责任予以培养起来的，回家时从这个校园里所带走的，并且在你们整个一生和在你们一切各种活动中，所继续不断地实行和发展的。

伟大的英国科学家，同时也是哲学家的赫胥黎（Thomas H.Huxley）曾说过：“一个人一生中最神圣的行为就是口里讲，内心深感觉到这句话：‘我相信某件事是实在的。’紧附在那个行为上的是人生存在世上一切最大的报酬和一切最严重的责罚。”要成功地完成这一个“最神圣的行为”，那应用在判断、思考和信仰上的思想训练和规律是必要的。

所以在这一个值得纪念的日子，你们必须问自己的第一个问题就是：我是否获得所期望于为一个受大学教育的我所该有的充分知识训练？我的头脑是否有充分的装备和准备来做赫胥黎所说的“一个人一生中最神圣的行为”？

二

我们必须要体会到“一个人一生中最神圣的行为”也同时是我们日常所需做的行为。另一个英国哲学家弥尔（John Stuart Mill）曾说过：“各个人每天每时每刻都需要确切证实他所没有直接观察过的事情……法官、军事指挥官、航海人员、医师、农场经营者（我们还可以加上一般的公民和选民）的事，也不过是将证据加以判断，并按照判断采取行动……根据他们做法（思考和推论）的优劣，就可决定他们是否尽其分内的职责。这是头脑所不停从事的职责。”

由于人人每日每时都需要思考，所以人在思考时，极容易流于疏忽，漠不关心和习惯性的态度。大学教育毕竟难以教给我们一整套精通与永久适用的求知习惯，原因是其所需的时间远超过大学的四年。大学毕业生离开了他的实验室和图书馆，往往感觉到他已经工作得太劳累，思考得太辛苦，毕业后应当享受到一种可以不必求知识的假期。他可能太忙或者太懒，而无法把他在大学里刚学到而还没有精通的知识训练继续下去。他可能不喜欢标榜自己为受过大学教育“好炫耀博学的人”。他可能发现讲幼稚的话与随和大众的反应是一种调剂，甚至是一种愉快的事。无论如何，大学毕业生离开大学之后，最普遍的危险就是溜回到怠惰和懒散方式的思考和信仰。

所以大学生离开学校后，最困难的问题就是如何继续培养精稔实验室研究的思考态度和技术，以便将这种思考的态度和技术扩展到他日常思想、生活和各种活动上去。

天下没有一个普遍适用以提防这种懒病复发的公式。但是我们仍然想献给列位一个简单的妙计，这个妙计对我自己和对我的学生和朋友都很实用。

我所想要建议的是各个大学毕业生都应当有一个或两个或更多足以引起兴趣和好奇心的疑难问题，借以激起他的注意、研究、探讨或实验的心思。你们大家都知道的，一切科学的成就都是由于一个疑难的问题碰巧激起某一个观察者的好奇心和想象力所促成的。有人说没有装备良好的图书馆和实验室是无法延续求知的兴趣。这句话是不确实的。请问亚基米德、伽利略、牛顿、法拉第，或者甚至达尔文或巴斯德究竟有什么实验室或图书馆的装备呢？一个大学毕业生所需要的仅是一些会激起他的好奇心、引起他的求知欲和挑激他的想法求解决的有趣的难题。那种挑激引发的性质就足够引致他搜集资料、触类旁通、设计工具和建立简单而适用的试验和实验室。一个人对于一些引人好奇的难题不发生兴趣的话，就是处在设备良好的实验室和博物馆中，知识上也不会有任何发展。

四年的大学教育所给予我们的，毕业只不过是已经研究出来和尚未研究出来的学问浩瀚范围的一瞥而已。不管我们主修的是哪一个科目，我们都不应当有自满的感觉，以为在我们专门科目范围内，已经没有不解决的问题存在。凡是离开母校大门而没有带一两个知识上的难题回家去，和一两个在他清醒时一直缠绕着他的问题，这个人的知识生活可以说是已经寿终正寝了。

这是我给你们的劝告：在这一个值得纪念的日子里，你们该花费几分钟，为你们自己列了一个知识的清单，假如没有一两个值得你们下决心解决的知识难题，就不轻易步入这个大世界。你们不能带走你们的教授，也不能带走学校的图书馆和实验室。可是你们带走几个难题。这些难题时刻都会使你们知识上的自满和怠惰下来的心受到困扰。除非你们向这些难题进攻，并加以解决，否则你们就一直不得安宁。那时候，你们看吧，在处理和解决这些小难题的时候，你们不但使你们思考和研究的技术逐渐纯熟和精稳，而且同时开拓出知识的新地平线并达到科学的新高峰。

三

这种一直有一些激起好奇心和兴趣的疑难问题来刺激你们的小妙计有许多功用。这个妙计可使你们一生中对研究学问的兴趣永存不灭，可开展你们新嗜好的兴趣，把你们日常生活提高到超过惯性和苦闷的水准之上。常常在沉静的夜里，你们突然成功地解决了一个讨厌的难题而很希望叫醒你们的家人，对他们叫喊着说："我找到了，我找到了！"那时候给你们的是知识上的狂喜和很大的乐趣。

但是这种自找问题和解决问题方式最重要的用处，是在于用来训练我们的能力，磨炼我们的智慧，而因此使我们能精稳实验与研究的方法和技术。对思考技术的精稳可能引使你们达到创造性的知识高峰；但是也同时会渐渐地普遍应用在你们整个生活上，并且使你们在处理日常活动时，成为比较懂得判断的人，会使你们成为更好的公民，更聪明的选民，更有知识的报纸读者，成为对于目前国家大事或国际大事一个更为胜任的评论者。

这个训练对于为一个民主国家里公民和选民的你们是特别重要的。你们所生活的时代是一片充满了惊心动魄事件的时代，一个势要毁灭你们政府和文化根基的战争时代。而从各方面拥集到你们身上的是强有力不让人批驳的思想形态，巧妙的宣传，以及随意歪曲的历史。希望你们在这个要把人弄得团团转的旋风世界中，要建立起你们的判断力，要下自己的决定，投你们的票，尽你们的本分。

有人会警告你们要特别提高警觉，以提防邪恶宣传的侵袭。可是你们要怎样做才能防御宣传的侵入呢？因为那些警告你们的人本身往往就是职业的宣传员，只不过他们罐头上所用的是不同的商标；但这些罐头里照样是陈旧的和不准批驳的东西！

例如，有人告诉你们，上次世界大战所有一切唯心论的标语，像“为世界民主政治的安全而战”和“以战争来消弭战争”，这些话，都是想讨人欢喜的空谈和烟幕而已。但是揭露这件事的人也就是宣传者，他要我们全体都相信美国之参加上次世界大战是那些“担心美元英镑贬值”放高利贷者和发战争财者所促成的。

再看另一个例子。你们是在一个信仰所培养之下长大起来的。这些信仰就是相信你们的政府形式，属于人民的政府，尊敬个人的自由，特别是相信那保护思想、信仰、表达和出版等自由的政府形式是人类最伟大的成就之一；但是我们这一代的新先知们却告诉你们说，民主的代议政府仅是资本主义制度下的一个必然的副产品，这个制度并没有实质的优点，也没有永恒的价值；他们又说个人的自由并不一定是人们所希求的；为了集体的福利和权力的利益起见，个人的自由应当视为次要的，甚至应当加以抑压下去的。

这些和许多其他相反的论调到处都可以看到听到，都想要迷惑你们的思想，麻木你们的行动。你们需要怎么样准备自己来对付一切所有这些相反的论调呢？当然不会是紧闭着眼睛不看，掩盖着耳朵不听吧。当然也不会躲在良好的古老传统信仰的后面求庇护吧，因为受攻击和挑衅的就是古老的传统本身。当然也不会是诚心诚意地接受这种陈腔滥调和不准批驳的思想和信仰的体系，因为这样一个教条式的思想体系可能使你们丢失了很多的独立思想，会束缚和奴役你们的思想，以致从此之后，你们在知识上说，仅是机械一个而已。

你们可能希望能保持精神上的平衡和宁静，能够运用你们自己的判断，唯一的方法就是训练你们的思想，精稔自由沉静思考的技术。使我们更充分了解知识训练的价值和功效的就是在这知识困惑和混乱的时代。这个训练会使我们能够找到真理——使我们获得自由的真理。

关于这种训练与技术，并没有什么神秘的地方。那就是你们在实验室所学到的，也就是你们最优秀的教师终身所从事，而在你们研究论文上所教你们的方法，那就是研究和实验的科学方法。也就是你们要学习应用于解决我所劝你们时刻要找一两个疑难问题所用的同样方法。这个方法，如果训练得纯熟精通，会使我们能在思考我们每天必须面对有关社会、经济和政治各项问题时，会更清楚、会更胜任的。

以其要素言，这个科学技术包括非常专心注意于各种建议、思想和理论，以及后果的控制和试验。一切思考是以考虑一个困惑的问题或情况开始的。所有一切能够解决这个困惑问题的假设都是受欢迎的。但是各个假设的论点却必须以在采用后可能产生的后果来作为适用与否的试验，凡是其后果最能满意克服原先困惑所在的假设，就可接受为最好和最真实的解决方法。这是一切自然、历史和社会科学的思考要素。

人类最大的谬误，就是以为社会和政治问题简单得很，所以根本不需要科学方法的严格训练，而只要根据实际经验就可以判断，就可以解决。

但是事实却是刚刚相反的。社会与政治问题是关联着千千万万人命和福利的问题。就是由于这些极具复杂性和重要性的问题是十分困难的，所以使得这些问题到今日还没有办法以准确的定量衡量方法和试验与实验的精确方法来计量。甚至以最审慎的态度和用严格的方法无法保证绝无错误。但是这些困难却省免不了我们用尽一切审慎和批判的洞察力来处理这些庞大的社会和政治问题的必要。

两千五百年前某诸侯问孔子说："一言而可以兴邦……一言而丧邦有诸？"

想到社会与政治的问题，总会提醒我们关于向孔子请教的这两个问题，因为对社会与政治的思考必然会连带想起和计划整个国家、整个社会，或者整个世界的事。所以一切社会与政治理论在用以处理一个情况时，如果粗心大意或固守教条，严重地说来，可能有时候会促成预料不到的混乱、退步、战争和毁灭，有时就真的是一言兴邦，一言丧邦。

刚就在前天，希特勒对他的军队发出一个命令，其中说到一句话，他要决定他的国家和人民未来一千年的命运！

但希特勒先生一个人是无法以个人的思想来决定千千万万人的生死问题。你们在这里所有的人需要考虑你们即将来临的本地与全国选举中有所选择，所有的人需要对和战问题表达意见，并不决定。是的，你们也会考虑到一个情况，你们在这个情况中的思考是正确，是错误，就会影响千千万万人的福利，也可能直接或间接地决定未来一千年世界与其文化的命运！

所以为少数特权阶级的我们大学男女，严肃地和胜任地把自己准备好，以便像在今日的这个时代，这个世界，每日从事思考和判断，把我们自己训练好，以便做有责任心的思考，乃是我们神圣的任务。

有责任心的思考至少含着三个主要的要求：第一，把我们的事实加以证明，把证据加以考查；第二，如有差错，谦虚地承认错误，慎防偏见和武断；第三，愿意尽量彻底获致一切会随着我们观点和理论而来的可能后果，并且道德上对这些后果负责任。

怠惰的思考，容许个人和党团的因素不知不觉地影响我们的思考，接受陈腐和不加分析的思想为思考之前提，或者未能努力以获致可能后果，来试验一个人的思想是否正确等就是知识上不负责任的表现。

你们是否充分准备来做这件在你们一生中最神圣的行动——有责任心的思考？

1941年6月

四、以科学方法作大众的文章

谈谈《诗经》

《诗经》在中国文学上的位置，谁也知道，它是世界最古的有价值的文学的一部，这是全世界公认的。

《诗经》有十三国的国风，只没有楚风。在表面上看来，湖北这个地方，在《诗经》里，似乎不能占一个位置。但近来一般学者的主张，《诗经》里面是有楚风的，不过没有把它叫作楚风，叫它做《周南》《召南》罢了。所以我们可以说：《周南》《召南》就是《诗经》里面的"楚风"。

我们说《周南》《召南》就是"楚风"，这有什么证据呢？这是有证据的。我们试看看《周南》《召南》，就可以找着许多提及江水、汉水、汝水的地方。像"汉之广矣""江之永矣""遵彼汝坟"这类的句子，想大家都是记得的。汉水、江水、汝水流域不是后来所谓"楚"的疆域吗？所以我们可以说《周南》《召南》大半是《诗经》里面的“楚风”了。

《诗经》既有楚风，我们在这里谈《诗经》，也就是欣赏“本地风光”。

我觉得用新的科学方法来研究古代的东西，确能得着很有趣味的效果。一字的古音，一字的古义，都应该拿正当的方法去研究的。在今日研究古书，方法最要紧；同样的方法可以收同样的效果。我今天讲《诗经》，也是贡献一点我个人研究古书的方法。在我未讲研究《诗经》的方法以前，先讲讲对于《诗经》的几个基本的概念。

一、《诗经》不是一部经典。从前的人把这部《诗经》都看得非常神圣，说它是一部经典，我们现在要打破这个观念；假如这个观念不能打破，《诗经》简直可以不研究了。因为《诗经》并不是一部圣经，确实是一部古代歌谣的总集，可以做社会史的材料，可以做政治史的材料，可以做文化史的材料。万不可说它是一部神圣经典。

二、孔子并没有删《诗》。“诗三百篇”本是一个成语。从前的人都说孔子删《诗》《书》，说孔子把《诗经》删去十分之九，只留下十分之一。照这样看起来，原有的诗应该是三千首。这个话是不对的。唐朝的孔颖达也说孔子的删《诗》是一件不可靠的事体。假如原有三千首诗，真的删去了二千七百首，那在《左传》及其他的古书里面所引的诗应该有许多是三百篇以外的，但是古书里面所引的诗不是三百篇以内的虽说有几首，却少得非常。大概前人说孔子删《诗》的话是不可相信的了。

三、《诗经》不是一个时代辑成的。《诗经》里面的诗是慢慢地收集起来，成现在这么样的一本集子。最古的是《周颂》，次古的是《大雅》，再迟一点的是《小雅》，最迟的就是《商颂》《鲁颂》《国风》了。《大雅》《小雅》里有一部分是当时的卿大夫作的，有几首并有作者的主名；《大雅》收集在前，《小雅》收集在后。《国风》是各地散传的歌谣，由古人收集起来的。这些歌谣产生的时候大概很古，但收集的时候却很晚了。我们研究《诗经》里面的文法和内容，可以说《诗经》里面包含的时期约在六七百年的上下。所以我们应该知道，《诗经》不是哪一个人辑的，也不是哪一个人作的。

四、《诗经》的解释。《诗经》到了汉朝，真变成了一部经典。《诗经》里面描写的那些男女恋爱的事体，在那班道学先生看起来，似乎不大雅观，于是对于这些自然的有生命的文学不得不另加种种附会的解释。所以汉朝的齐、鲁、韩三家对于《诗经》都加上许多的附会，讲得非常的神秘。明是一首男女的恋歌，他们故意说是歌颂谁，讽刺谁的。《诗经》到了这个时代，简直变成了一部神圣的经典了。这种事情，中外大概都是相同的，像那本《旧约全书》的里面，也含有许多的诗歌和男女恋爱的故事，但在欧洲中古时代也曾被教会的学者加上许多迂腐穿凿的解说，使它们不违背中古神学。后起的“毛诗”对于《诗经》的解释又把从前的都推翻了，另找了一些历史上的——《左传》里面的事情——证据，来作一种新的解释。“毛诗”研究《诗经》的见解比齐、鲁、韩三家确实是要高明一点，所以“毛诗”渐渐打倒了三家诗，成为独霸的权威。我们现在读的还是“毛诗”。到了东汉，郑康成读《诗》的见解比毛公又要高明。所以到了唐朝，大凡研究《诗经》的人都是拿《毛传》《郑笺》做底子。到了宋朝，出了郑樵和朱子，他们研究《诗经》，又打破毛公的附会，由他们自己作解释。他们这种态度，比唐朝又不同一点，另外成了一种宋代说《诗》的风气。清朝讲学的人都是崇拜汉学，反对宋学的，他们对于考据训诂是有特别的研究，但是没有什么特殊的见解。他们以为宋学是不及汉学的，因为汉在一千七八百年以前，宋只在七八百年以前。殊不知汉人的思想比宋人的确要迂腐得多呢！但在那个时候研究《诗经》的人，确实出了几个比汉宋都要高明的，如著《诗经通论》的姚际恒，著《读风偶识》的崔述，著《诗经原始》的方玉润，他们都大胆地推翻汉宋的腐旧的见解，研究《诗经》里面的字句和内容。照这样看起来，二千年来《诗经》的研究实是一代比一代进步的了。

《诗经》的研究，虽说是进步的，但是都不彻底，大半是推翻这部，附会那部；推翻那部，附会这部。我看对于《诗经》的研究想要彻底地改革，恐怕还在我们呢！我们应该拿起我们的新的眼光，好的方法，多的材料，去大胆地细心地研究；我相信我们研究的效果比前人又可圆满一点了。这是我们应取的态度，也是我们应尽的责任。

上面把我对于《诗经》的概念说了一个大概，现在要谈到《诗经》具体的研究了。研究《诗经》大约不外下面这两条路：

第一，训诂。用小心的、精密的、科学的方法，来做一种新的训诂功夫，对于《诗经》的文字和文法上都重新下注解。

第二，解题。大胆地推翻二千年来积下来的附会的见解；完全用社会学的、历史的、文学的眼光重新给每一首诗下个解释。

所以我们研究《诗经》，关于一句一字，都要用小心的科学的方法去研究；关于一首诗的用意，要大胆地推翻前人的附会，自己有一种新的见解。

现在让我先讲了方法，再来讲到训诂罢。

清朝的学者最注意训诂，如戴震、胡承珙、陈奂、马瑞辰等等，凡他们关于《诗经》的训诂著作，我们都应该看的。戴震有两个高足弟子，一是金坛段玉裁，一是高邮王念孙及其子引之，都有很重要的著作，可为我们参考的。如段注《说文解字》，念孙所作《读书杂志》《广雅疏证》等；尤其是引之所作的《经义述闻》《经传释词》，对于《诗经》更有很深的见解，方法亦比较要算周密得多。

前人研究《诗经》都不讲文法，说来说去，终得不着一个切实而明了的解释，并且越讲越把本义搅昏昧了。清代的学者，对于文法就晓得用比较归纳的方法来研究。

如“终风且暴”，前人注是——终风，终日风也。但清代王念孙父子把“终风且暴”来比较“终温且惠”“终窭且贫”，就可知“终”字应当作“既”字解。有了这一个方法，自然我们无论碰到何种困难地方，只要把它归纳比较起来，就一目了然了。

《诗经》中常用的“言”字是很难解的。汉人解作“我”字，自是不通的。王念孙父子知道“言”字是语词，却也说不出它的文法作用来。我也曾应用这个比较归纳的方法，把《诗经》中含有“言”字的句子抄集起来，便知“言”字究竟是如何的用法了。

我们试看：

彤弓弨兮，受言藏之。

驾言出游。

陟彼南山，言采其蕨。

这些例里，“言”字皆用在两个动词之间。“受而藏之”“驾而出游”……岂不很明白清楚？

苏东坡有一首“日日出东门”诗，上文说“步寻东城游”，下文又说“驾言写我忧”。他错看了《诗经》“驾言出游，以写我忧”的“驾言”二字，以为“驾言”只是一种语助词。所以章子厚笑他说：“前步而后驾，何其上下纷纷也！”

上面是把虚字当作代名词的。再有把地名当作动词的，如“胥”本来是一个地名。古人解为“胥，相也”，这也是错了。我且举几个例来证明。《大雅·笃公刘》一篇有“于胥斯原”一句，《毛传》说：“胥，相也。”《郑笺》说：“相此原地以居民。”但我们细看此诗共分三大段，写公刘经营的三个地方，三个地方的写法是一致的：

一、于胥斯原。

二、于京斯依。

三、于豳斯馆。

我们比较这三句的文法，就可以明白，“胥”是一个地方的名称。假使有今日的标点符号，只要打一个“——”就明白了。《绵》篇中说太王“爰及姜女，聿来胥宇”，也是这个地方。

还有那个“于”字在《诗经》里面，更是一个很发生问题的东西。汉人也把它解错了，他们解为“于，往也”。例如《周南·桃夭》的“之子于归”，他们误解为“之子往归”。这样一解，已经太牵强了，但还勉强解得过去；若把它和别的句子比较起来解释，如《周南·葛覃》的“黄鸟于飞”解为“黄鸟往飞”，《大雅·卷阿》的“凤凰于飞”解为“凤凰往飞”，《邶风·燕燕》的“燕燕于飞”解为“燕燕往飞”，这不是不通吗？那么，究竟要怎样解释才对呢？我可以说，“于”字等于“焉”字，作“于是”解。“焉”字用在内动词的后面，作“于是”解，这是人人可懂的。但在上古文法里，这种文法是倒装的。“归焉”成了“于归”；“飞焉”成了“于飞”。“黄鸟于飞”解为“黄鸟在那儿飞”，“凤凰于飞”解为“凤凰在那儿飞”，“燕燕于飞”解为“燕燕在那儿飞”，这样一解就可通了。

我们谁都认得“以”字。但这“以”字也有问题。如《召南·采蘩》说：

于以采蘩？于沼于沚。于以用之？公侯之事。

于以采蘩？于涧之中。于以用之？公侯之宫。

这些句法明明是上一句问，下一句答。“于以”即是“在哪儿？”“以”字等于“何”字。

在哪儿采蘩呢？在沼在沚。又在哪儿用呢？用在公侯之事。

在哪儿采蘩呢？在涧之中。又在哪儿用呢？用在公侯之宫。

像这样解释的时候，谁也说是通顺的了。又如《邶风·击鼓》“于以求之？于林之下”，解为“在哪儿去求呢？在林之下”。所以“于以求之”的下面，只要标一个问号（？），就一目了然了。

《诗经》中的“维”字，也很费解。这个“维”字，在《诗经》里面约有二百多个。从前的人都把它解错了。我觉得这个“维”字有好几种用法。最普通的一种是应作“呵，呀”的感叹词解。老子《道德经》也说“唯之与阿，相去几何？”可见“唯”“维”本来与“阿”相近。如《召南·鹊巢》的：

维鹊有巢，维鸠居之。维鹊有巢，维鸠方之。

若拿“呵”字来解释这一个“维”字，那就是“呵，鹊有巢！呵，鸠去住了！”此外的例，如“维此文王”即是“呵，这文王！”“维此王季”即是“呵，这王季！”你们记得人家读祭文，开首总是“维，中华民国十有四年”。“维”字应顿一顿，解作“呵”字。

我希望大家对《诗经》的文法细心地做一番精密的研究，要一字一句地把它归纳和比较起来，才能领略《诗经》里面真正的意义。清朝的学者费了不少的时间，终究得不着圆满的结果，也就是因为他们缺少文法上的知识和虚字的研究。

上面已把研究《诗经》训诂的方法约略谈过，现在要谈到《诗经》每首诗的用意如何，应怎样解释才对，便到第二条路所谓解题了。

这一部《诗经》已经被前人闹得乌烟瘴气、莫名其妙了。诗是人的性情的自然表现，心有所感，要怎样写就怎样写，所谓“诗言志”是。《诗经·国风》多是男女感情的描写，一般经学家多把这种普遍真挚的作品勉强拿来安到什么文王、武王的历史上去；一部活泼泼的文学因为他们这种牵强的解释，便把它的真意完全失掉，这是很可痛惜的！譬如《郑风》

二十一篇，有四分之三是爱情诗，“毛诗”却认《郑风》与男女问题有关的诗只有五六篇，如《鸡鸣》《野有蔓草》等。说来倒是我的同乡朱子高明多了，他已认《郑风》多是男女相悦淫奔的诗，但他亦多荒谬。《关雎》明明是男性思恋女性不得的诗，他却在《诗集传》里说什么“文王生有圣德，又得圣女姒氏以为之配”，把这首情感真挚的诗解得僵直不成样了。

好多人说《关雎》是新婚诗，亦不对。《关雎》完全是一首求爱诗，他求之不得，便寤寐思服，辗转反侧，这是描写他的相思苦情；他用了种种勾引女子的手段，友以琴瑟，乐以钟鼓，这完全是初民时代的社会风俗，并没有什么稀奇。意大利、西班牙有几个地方，至今男子在女子的窗下弹琴唱歌，取欢于女子。至今中国的苗民还保存这种风俗。

《野有死麋》的诗，也同样是男子勾引女子的诗。初民社会的女子多欢喜男子有力能打野兽，故第一章“野有死麋，白茅包之”，写出男子打死野麋，包以献女子的情形。“有女怀春，吉士诱之”，便写出他的用意了。此种求婚献野兽的风俗，至今有许多地方的蛮族还保存着。

《嘒彼小星》一诗，好像是写妓女生活的最古记载。我们试看《老残游记》，可见黄河流域的妓女送铺盖上店陪客人的情形。再看原文：

嘒彼小星，三五在东。肃肃宵征，夙夜在公。实命不同。

嘒彼小星，维参与昴。肃肃宵征，抱衾与裯。实命不犹。

我们看她抱衾裯以宵征，就可知道她的职业生活了。

《芣苢》诗没有多深的意思，是一首民歌，我们读了可以想见一群女子，当着光天丽日之下，在旷野中采芣苢，一边采，一边歌。看原文：

采采芣苢，薄言采之。采采芣苢，薄言有之。

采采芣苢，薄言掇之。采采芣苢，薄言捋之。

采采芣苢，薄言袺之。采采芣苢，薄言襭之。

《著》诗，是一个新婚女子出来的时候叫男子暂候，看看她自己装饰好了没有，显出了一种很艳丽细腻的情景。原文：

俟我于著乎而？充耳以素乎而？尚之以琼华乎而？

俟我于堂乎而？充耳以黄乎而？尚之以琼英乎而？

我们试曼声读这些诗，是何等情景？唐代朱庆馀上张水部有一首诗，妙有这种情致。诗云：

> 洞房昨夜停红烛，待晓堂前拜舅姑。
> 妆罢低声问夫婿，“画眉深浅入时无？”

你们想想，这两篇诗的情景是不是很相像。

总而言之，你要懂得《诗经》的文字和文法，必须要用归纳比较的方法。你要懂得三百篇中每一首的题旨，必须撇开一切《毛传》《郑笺》《朱注》等等，自己去细细涵咏原文。但你必须多备一些参考比较的材料，你必须多研究民俗学、社会学、文学、史学。你的比较材料越多，你就会觉得《诗经》越有趣味了。

1925 年 9 月

介绍几部新出的史学书

近来杂志上的“书评”，似乎偏向指摘谬误的方面，很少从积极方面介绍新书。今日（7月24日）火车在贝加尔湖边上行，一边是轻蓝色镜平的湖光，一边是巉巉的岩石；这是我离开中国境的第三日了，怀念国中几个治历史的朋友，所以写这篇短文，介绍他们的几部新书。

（一）第一部是陈垣（援庵）先生的《二十史朔闰表》，附西历回历，北京大学研究所国学门出版，价四圆。

这是一部“工具”类的书，治史学的人均不可不备一册。陈先生近年治中国宗教史，方法最精密，搜记最勤苦，所以成绩很大。他的旧作《一赐乐业教考》《也里可温考》《摩尼教入中国考》《火祆教入中国考》，都已成了史学者公认的名著。他在这种工作上感觉中西回三种历有合拢作一个比较长历的必要，所以他发愤作成一部二十卷的《中西回史日历》（不久也可出版）。他在作那部大著作之先，曾先考定中国史上二千年的朔闰，遂成这一部二十史朔闰表，便可以推定日历，故此书实在是一部最简便的中史二千年日历。

此表起于汉高祖元年（罗马 548 年，西历前 206 年），每月有朔日的甲子，故推下月朔日的甲子，便知本月的大小；闰年则增闰某月，也记其朔日的甲子。

汉平帝元年（西历 1 年）以后，加上每月朔与西历相当之月日。如晋惠帝永平元年（西历 291 年）下：

正	二
二乙 16 酉	三甲 17 寅

我们便知是年正月初一等于西历 291 年的 2 月 16 日，二月初一等于 3 月 17 日。

唐高祖武德五年（西历 622 年）以后，添注回历的岁首等于中历某月某日。回历系纯太阳历，月法有一定，单月皆三十日，双月皆二十九日，无有闰月，逢闰年则十二月添一日，故平年为三百五十四日，闰年为三百五十五日。其计算最容易，故但注岁首便够了。闰年则旁加黑点。

故此书不但是中史二千年日历，实在是一部最简明最方便的“中西回三史合历”。

西历与回历皆有礼拜日，因有置闰或失闰的历史的原因，推算须有变化。此书附有七个“日曜表”，按表检查，便知某日是星期几。

此书在史学上的用处，凡做过精密的考证的人皆能明了，无须我们一一指出。为普通的读者起见，我们引陈先生自己举的几个例：

（1）例如陆九渊之卒在宋绍熙三年，据普通年表为西历之 1192 年，然九渊之卒在十二月十四日，以西历纪之，当为 1193 年 1 月 18 日。……苟欲实事求是，非有精密之中西长历为工具不可。

（2）西历如此，回历尤甚。……回历则以不置闰月之故，岁首无定，积百年即与中西历差三年。……洪武甲子（西历 1384 年）为回历 786 年。明史历志由洪武甲子上推七八六年，误以中历计算，遂谓回历起于隋开皇己未（西历 599 年）！不知以回历计算，实起于唐武德五年壬午（西历 622 年）六月三日也。盖积七百八十六年，回历与中西历已生二十三年之差异。

不有中回长历，何以释明史之误耶?

我们应该感谢陈先生这一番苦功夫，作出这种精密的工具来供治史学者之用。我们并且预先欢迎他那二十卷中西回史日历出世。这种勤苦的工作，不但给杜预、刘义叟、钱侗、汪曰桢诸人的“长术”研究作一个总结果，并且可以给世界治史学的人作一种极有用的工具。

（二）顾颉刚先生的《古史辨》第一册，北京景山东街朴社出版，平装本价一圆八角，精装本二圆四角。

这是中国史学界的一部革命的书，又是一部讨论史学方法的书。此书可以解放人的思想，可以指示做学问的途径，可以提倡那“深彻猛烈的真实”的精神。治历史的人，想整理国故的人，想真实地做学问的人，都应该读这部有趣味的书。

这一册的本身分为三篇：上篇是顾先生与钱玄同先生和我往来讨论的信札，中篇是民国十二年《读书杂志》上发表的讨论古史的文字，下篇是《读书杂志》停刊以后的论文与通信。三篇共有六十四篇长短不齐的文字，长的有几万字的，最短的不满五十个字。

为普通读者的便利计，我劝他们先读下列的几篇：

（1）《自述整理中国历史意见书》（页 34 ～ 37）。

（2）《与钱玄同先生论古史书》（页 59 ～ 66）。

（3）《答刘胡两先生书》（页 96 ～ 102）。

（4）《研究国学应该首先知道的事》（页 102 ～ 105）。

（5）《古历讨论的读后感》（页 189 ～ 198）。

读了这几篇，可以得着这书的根本出发点和根本方法，然后从容去看全书的其他部分，便更觉得有趣味，更容易了解了。

但无论是谁，都不可不读顾先生的自序。这篇六万多字的自序，是作者的自传，是中国文学史上从来不曾有的自传。他在这篇自传篇里，很坦白地叙述他个人的身世，遭际的困难，师友的影响，兴趣的变迁，思想的演进，工作的计划。我的朋友 Himmel 先生读了这篇自序，写信给作者，说此篇应该译为英文，因为这虽是一个人三十年中的历史，却又是中国近三十年中思潮变迁的最好的记载。我很赞同这个意思。顾先生少年时曾入社会党；进北大豫科时曾做几年的“戏迷”；曾做古文家的信徒，又变为今文家；他因为精神上的不安宁，想求一个根本的解决，所以进了哲学系；在哲学系里毕业之后，才逐渐地回到史学的路上去。他是一个真正好学的人，读书“像瞎猫拖死鸡”一样，所以三十年国内的学术思想的变迁都一一地在他身上留下了深刻的印痕。他又是一个“性情太喜欢完备”的人，凡事都要“打碎乌盆问到底”，所以他无论什么事都不肯浅尝，不肯苟且，所以他的“兴之所至”都能有高深的成绩。他搜集吴歌，研究孟姜女，讨论古史，都表现他的情性的这两方面：一方面是虚心好学，一方面是刻意求精。

承顾先生的好意，把我的一封四十八个字的短信作为他的古史辨的第一篇。我这四十八个字居然能引出这三十万字的一部大书，居然把顾先生逼上了古史的终身事业的大路上去，这是我当日梦想不到的事。然而这样“一本万利”的收获，也只有顾先生这样勤苦的农夫做得到。当民国九年（1920 年）十一月我请他点读古今伪书考的时候，我不过因为他的经济困难，想他可以借此得点钱。他答应我“至慢也不过二十天”（页 6）。但他不肯因为经济上的困难而做一点点苟且潦草的事。他一定要“想对于他征引的书，都去注明卷帙、版本；对于他征引的人都去注明生卒、地域”（页 14）。因为这个缘故，他天天和宋、元、明三代的“辨伪”学者相接触，于是我们有“辨伪丛刊”的计划。先是辨“伪书”，后转到辨“伪事”。颉刚从此走上了辨“伪史”的路。

到民国十年（1921 年）一月，我们才得读崔述的《考信录》。我们那时便决定，颉刚的“伪史考”即可继《考信录》而起（页22）。崔述推翻了“传记”，回到几部他认为可信的“经”。我们决定连“经”都应该“考而后信”。颉刚早已超过辨伪丛刊的计划了。他自己想做三种书：（1）伪史源，（2）伪史例，（3）伪史对鞫（看页36）。

这三种之中，他的“伪史源”的见解于他这五年史学研究有最大的影响。他说：

> 所谓“源”者，其始不过一人倡之，……不幸十人和之，辗转应用，不知其所自始，甚至愈放愈胖，说来更像，遂至信为真史。现在要考哪一个人是第一个说的，哪许多人是学舌的，看他渐渐的递变之迹。

这是这部“古史辨”的基本方法。他用这个方法，下了两年的苦功，然后发表他的“层累地造成的中国古史”。

“层累地造成的中国古史”有三个含义：

（1）可以说明为什么时代愈后，传说的古史期愈长。

（2）可以说明为什么时代愈后，传说中的中心人物愈放愈大。

（3）我们在这上，即使不能知道某一件事的真确的状况，至少可以知道那件事在传说中最早的状况。

他应用这个方法，得着一些结论：

（1）春秋以前的人对于古代还没有悠久的推测。

（2）后来方才有一个禹。禹先是一个神，逐渐变为人王。

（3）更后来，才有尧舜。

（4）尧舜的翁婿关系，舜禹的君臣关系，都是更后来才造成的。

（5）从战国到西汉，尧舜之前又添上了许多古帝王。先添一个黄帝，又添一个神农，又添一个庖牺……一直添到盘古！

这些结论，在我们看来，都是很可以成立的。但几千年传统的思想的权威却使一般保守的学者出来反对。南京出来位刘掞藜先生；连我的家乡，万山之中的乡村，也出来一位胡堇人先生。这些人的驳诘却使颉刚格外勤慎地去寻求新证据来坚固他的壁垒。结果便是此书中篇的讨论与下篇的一部分。

这些讨论至今未完。但我们可以说，颉刚的“层累地造成的中国古史”一个中心学说已替中国史学界开了一个新纪元了。中国的古史是逐渐地、层累地堆砌起来的——“譬如积薪，后来居上”——这是绝无可讳的事实。崔述在十八世纪的晚年，用了“考而后信”的一把大斧头，一劈就削去了几百万年的上古史（他的《补上古考信录》是很可佩服的）。但崔述还留下了不少的古帝王；凡是“经”里有名的，他都不敢推翻。颉刚现在拿了一把更大的斧头，胆子更大了，一劈直劈到禹，把禹以前的古帝王（连尧带舜）都送上封神台上去！连禹和后稷都不免发生问题了。故在中国古史学上，崔述是第一次革命，顾颉刚是第二次革命，这是不须辩护的事实。

颉刚近年正在继续做辨证古史的工作，他已有了近百万言的稿本了。他的《古史辨》第二册已约略编成，第三册以下也有了底子。他将来在史学界的贡献是不可限量的。他自己说：

> 我在辨证伪古史上，有很清楚的自觉心，有极坚强的自信力，我的眼底有许多可走的道路，我的心中常悬着许多待解的问题；我深信这一方面如能容我发展，我自能餍人之心而不但胜人之口。（《自序》页66）

他的结论也许不能完全没有错误，他举的例也许有错的（例如他说“社祀起于西周”，这句话的错误，他自己在自序里已更正了。又如他自序，页71，说“阎罗”与尼罗的声音相合，这是大错的。阎罗本为阎摩罗，梵文为Yama-raja，

raja 为王，言是 Yama 天之王。此为印度古吠陀时代的一个天神，本在极乐天上，后来逐渐演变，从慈祥变为残酷，从最高天掉到地狱里。这与埃及的尼罗河绝无关系），但他的基本方法是不能推翻的，他的做学问的基本精神是永远不能埋没的。他在本书的首页引罗丹（Rodin）的话道：

要深彻猛烈的真实。你自己想得到的话，永远不要踌躇着不说，即使你觉得违抗了世人公认的思想的时候。起初别人也许不能了解你，但是你的孤寂绝不会长久。你的同志不久就会前来找你，因为一个人的真理就是大家的真理。

读颉刚这部书的，不可不领会这种“深彻猛烈的真实”的精神。

（三）陈衡哲女士的《西洋史》下册，商务印书馆出版，价一圆一角。

近年以来，研究中国史的学者颇有逐渐上了科学方法的路的趋势；但研究西洋史的中国学者却没有什么贡献。这大概是因为中国学者觉得这条路上不容易有什么创作的机会，所以不能感觉多大的兴趣，所以不曾有多么重要的作品。

依我看来，其实不然。研究西洋史正可以训练我们的治史方法，正可以增加我们治东洋史的见识。著述西洋史，初看来似乎不见得有创作的贡献，其实大可以有充分创作的机会。

史学有两方面：一方面是科学的，重在史料的搜集与整理；一方面是艺术的，重在史实的叙述与解释。我们治西洋史，在科学的方面也许不容易有什么重大的贡献。但我们以东方人的眼光来治西洋史，脱离了西洋史家不自觉的成见，减少了宗教上与思想上的传统观念的权威，在叙述与解释的方面我们正多驰骋的余地。试看今日最通行的西洋通史只是西洋人眼光给西洋人做的通史；宗教史只是基督教某派的信徒做的西洋宗教史；哲学史只是某一学派的哲学家做的西洋哲学史。我们若能秉着公心，重新演述西洋的史实，这里面的创作的机会正多呢。

陈衡哲女士的《西洋史》是一部带有创作的野心的著作。在史料的方面她不能不倚赖西洋史家的供给。但在叙述与解释的方面，她确然做了一番精心结构的工夫。这部书可以说是中国治西史的学者给中国读者精心著述的第一部《西洋史》。在这一方面说，此书也是一部开山的作品。

可惜我匆匆出门，不曾带得此书的上册。单就下册说，陈女士把六百年的近世史并作十个大题目；每一题目，她都能注重史实的前因后果，使读者在纷繁的事实里面忘不了一个大运动或大趋势的线索。有时候她自己还造作许多图表，帮助文字的叙述。

在这十章之中，有几章格外见精彩。“宗教革命”的两章，“法国革命”的一章，要算全书中最精彩的。陈女士本是喜欢文艺的，所以她作历史叙述的文字也很有文学的意味。叙述夹议论的文字，在白话文里还不多见。陈女士在这一方面的努力很可以给我们开一个新方向。我们试举第三章的两段作个例：

总而言之，亘中古之世，宗教不啻是欧洲人生唯一元素。他如天罗地网一样，任你高飞深蹈，出生入死，终休想逃出他的范围来。但这个张网特权，也自有他的代价。教会的所以能获到如此大权，实是由于中古初年时，他能保护人民，维持秩序，和继续燃烧那将息未息的一星古文化。换句话说，教会的大权乃是他的功绩换来的；但此时他却忘了他的责任，但知暖衣美食，去享他的快乐幸福。这已在无形中取消了他那张网的权利了。而适在这个时候，从前因蛮族入寇而消灭的几个权府，却又重兴起来，向教皇索取那久假不归的种种权势。于是新兴的列国国君，便向他要回法庭独立权，要回敕封主教权，要回国家在教会产业上的收税权；人民也举手来，向他要回思想自由权、读书自由权、判断善恶的自由权、生的权和死的权；一般困苦的农民，更是额皮流血地叩求教会，去减少他们的担负。可怜那个气焰熏天，不可一世的教会，此时竟是四面受敌了。

但这又何足奇呢，教会的实力，本只是一个基督教义。他如小小的一颗明珠，本来是应该让他自由发光的。可恨此时他已是不但重锦袭裹，被他的收藏家埋藏起来，并且那个收藏家，又是匣外加匣，造巨屋，筑围城地去把他看守着，致使一般人士不见明珠的光华，但见一个围城重重，厚壁坚墙的巨堡；堡外所见的是守卒卫兵的横行肆虐。所以宗教革命的意义，不啻便是这个拆城毁壁的事业。国王欲取回本来属于他们的城砖屋瓦，人民要挥走那般如狼如虎的守卒，信徒又要看一看那光华久藏的明珠。于是一声高呼，群众立集，虽各怀各的目的，但他们的摩拳擦掌，却是一致的。他们的共同目的，乃是在拆毁这个巨堡。因此之故，宗教革命的范围便如是其广大，位置便如是其重要，影响便如是其深远了。（页 88 ~ 89）

这样综合的，有断制的叙述，可以见作者的见解与天才。

历史要这样做，方才有趣味，方才有精彩。西洋史要这样做方才不算是仅仅抄书，方才可以在记述与判断的方面自己有所贡献。

叙述西洋史近世史，最容易挑动民族的感情。陈女士是倾向国际主义与世界和平的人，所以她能充分赏识国家主义的贡献，同时又能平心静气地指出国际和平是人类自救的唯一道路。

用十万字记述六百年的西洋近世史，本是不容易的事。陈女士的书自然不能完全避免些些的错误。例如第一章第四节中，前面（页36）已说加立里（Galileo）[1]发明了望远镜，于是哥白尼（Gopernicns）的学说“乃得靠了科学的方法而益证实”；下文（页37）却又说“科学方法却仍不曾改良：他们所用的仍是亚里斯多德的演绎方法。……直到勿兰息斯培根（Ferancis Bacon）[2]时，科学方法才得到了一个大革命。这是错的。科学方法的改善是科学家逐渐做到的，与培根无关；没有一个科学家是跟培根学方法的。页291说哈阜（Harvey）[3]发明血液循环之理在十八世纪，也是错的。可惜我行箧中没

[1] 今译作：伽利略。
[2] 今译作：弗朗西斯•培根。
[3] 今译作：哈维。

有参考书，不能为此书细细校勘了。

此书是一部很用气力的著述。他的长处在用公平的眼光，用自己的语言，重新叙述西洋的史实。作者的努力至少可以使我们知道西洋史的研究里尽可以容我们充分运用历史的想象力与文学的天才来做创作的贡献。

1926 年 7 月 27 日

找书的快乐

主席、诸位先生：

我不是藏书家，只不过是一个爱读书、能够用书的书生，自己买书的时候，总是先买工具书，然后才买本行书，换一行时，就得另外买一种书。今年我六十九岁了，还不知道自己的本行到底是哪一门？是中国哲学呢？还是中国思想史？抑或是中国文学史？或者是中国小说史？《水经注》？中国佛教思想史？中国禅宗史？我所说的“本行”，其实就是我的兴趣，兴趣愈多就愈不能不收书了。十一年前我离开北平时，已经有一百箱的书，大约有一二万册。离开北平以前的几小时，我曾经暗想着：我不是藏书家，但却是用书家。收集了这么多的书，舍弃了太可惜，带吧，因为坐飞机又带不了。结果只带了一些笔记，并且在那一二万册书中，挑选了一部书，作为对一二万册书的纪念，这一部书就是残本的《红楼梦》。四本只有十六回，这四本《红楼梦》可以说是世界上最老的抄本。收集了几十年的书，到末了只带了四本，等于当兵缴了械，我也变成一个没有棍子、没有猴子的变把戏的叫花子。

这十一年来，又蒙朋友送了我很多书，加上历年来自己新买的书，又把我现在住的地方堆满了，但是这都是些不相干的书，自己本行的书一本也没有。找资料还需要依靠中研院史语所的图书馆和别的图书馆如台湾大学图书馆、“中央图书馆”等救急。

找书有甘苦，真伪费推敲

我这个用书的旧书生，一生找书的快乐固然有，但是找不到书的苦处也尝到过。民国九年（1920年）7月，我开始写《水浒传考证》的时候，参考的材料只有金圣叹的七十一回本《水浒传》及《征四寇》《水浒后传》等，至于《水浒传》的一百回本、一百一十回本、一百一十五回本、一百廿回本、一百廿四回本，还都没有看到。等我的《水浒传考证》问世的时候，日本才发现《水浒》的一百一十五回本及一百回本、一百一十回本及一百廿回本。同时我自己也找到了一百一十五回本及一百廿四回本。做考据工作，没有书是很可怜的。考证《红楼梦》的时候，大家知道的材料很多，普通所看到的《红楼梦》都是一百廿回本。这种一百廿回本并非真的《红楼梦》。曹雪芹四十多岁死去时，只写到八十回，后来由程伟元、高鹗合作，一个出钱，一个出力，完成了后四十回。乾隆五十六年的活字版排出了一百廿回的初版本，书前有程、高二人的序文，说：

世人都想看到《红楼梦》的全本，前八十回中黛玉未死，宝玉未娶，大家极想知道这本书的结局如何？但却无人找到全的《红楼梦》。近因程、高二人在一卖糖摊子上发现有一大卷旧书，细看之下，竟是世人遍寻无着的《红楼梦》后四十回，因此特加校订，与前八十回一并刊出。

可是天下这样巧的事很少，所以我猜想序文中的说法不可靠。

考证《红楼梦》，清查曹雪芹

三十年前我考证《红楼梦》时，曾经提出两个问题，这是研究红学的人值得研究的：一、《红楼梦》的作者是谁？

作者是怎样一个人？他的家世如何？家世传记有没有可考的资料？曹雪芹所写的那些繁华世界是有根据的吗？还是关着门自己胡诌乱说？二、《红楼梦》的版本问题，是八十回？还是一百廿回？后四十回是哪里来的？那时候有七八种《红楼梦》的考证，俞平伯、顾颉刚都帮我找过材料。最初发现乾隆五十七年（1792 年）有程伟元序的乙本，其中并有高鹗的序文及引言七条，以后发现早一年出版的甲本，证明后四十回是高鹗所续，而由程伟元出钱活字刊印。又从其他许多材料里知道曹雪芹家为江南的织造世职，专为皇室纺织绸缎，供给宫内帝后、妃嫔及太子、王孙等穿戴，或者供皇帝赏赐臣下。后来在清理故宫时，从康熙皇帝一秘密抽屉内发现若干文件，知道曹雪芹的祖父曹寅，等于皇帝派出的特务，负责察看民心年成，或是退休丞相的动态，由此可知曹家为阔绰大户。《红楼梦》中有一段说到王熙凤和李嬷嬷谈皇帝南巡，下榻贾家，可知是真的事实。以后我又经河南的一位张先生指点，找到杨钟羲的《雪桥诗话》及《八旗经文》，以及有关爱新觉罗宗室敦诚、敦敏的记载，知道曹雪芹名霑、号雪芹，是曹寅的孙子，接着又找到了《八旗人诗抄》《熙朝雅颂集》，找到敦诚、敦敏兄弟赐送曹雪芹的诗，又找到敦诚的《四松堂集》，是一本清抄未删底本，其中有挽曹雪芹的诗，内有

“四十年华付杳冥”句，下款年月日为甲申（即乾隆甲申廿九年，西历 1764 年）。从这里可以知道曹雪芹去世的年代，他的年龄为四十岁左右。

险失好材料，再评《石头记》

民国十六年我从欧美返国，住在上海，有人写信告诉我，要卖一本《脂砚斋评石头记》给我，那时我以为自己的资料已经很多，未加理会。不久以后和徐志摩在上海办新月书店，那人又将书送来给我看，原来是甲戌年手抄再评本，虽然只有十六回，但却包括了很多重要史料。里面有“壬午除夕，书未成，芹为泪尽而逝。甲午八月泪笔”的句子，指出曹雪芹逝于乾隆廿七年冬，即西历 1763 年 2 月 12 日。“字字看来皆是血，十年辛苦不寻常”诗句，充分描绘出曹雪芹写《红楼梦》时的情态。脂砚斋则可能是曹雪芹的太太或朋友。自从民国十七年（1928 年）二月我发表了《考证红楼梦的新材料》之后，大家才注意到《脂砚斋评石头记》。不过，我后来又在民国廿二年从徐星署先生处借来一部庚辰秋定本脂砚斋四阅评过的《石头记》，是乾隆廿五年本，八十回，其中缺六十四、六十七两回。

谈《儒林外史》，推赞吴敬梓

现在再谈谈我对《儒林外史》的考证。《儒林外史》是部骂当时教育制度的书，批评政治制度中的科举制度。我起初发现的只有吴敬梓的《文木山房集》中的赋一卷（四篇），诗二卷（一三一首），词一卷（四七首），拿这当作材料。但是在一百年前，我国的大诗人金和，他在跋《儒林外史》时，说他收有《文木山房集》，有文五卷。可是一般人都说《文木山房集》没有刻本，我不相信，便托人在北京的书店找，找了几年都没有结果，到了民国七年（1918年）才在带经堂书店找到。我用这本集子参考安徽《全椒县志》，写成一本一万八千字的《吴敬梓年谱》，中国小说传记资料，没有一个能比这更多的，民国十四年（1925年）我把这本书排印问世。

如果拿曹雪芹和吴敬梓二人作一个比较，我觉得曹雪芹的思想很平凡，而吴敬梓的思想则是超过当时的时代，有着强烈的反抗意识。吴敬梓在《儒林外史》里，严刻地批评教育制度，而且有他的较科学化的观念。

有计划找书，考证神会僧

前面谈到的都是没有计划地找书，有计划地找书更是其乐无穷。所谓有计划地找书，便是用“大胆的假设，小心的求证”方法去找书。现在再拿我找神会和尚的事做例子，这是我有计划地找书。神会和尚是唐代禅宗七祖大师，我从《宋高僧传》的慧能和神会传里发现神会和尚的重要，当时便作了个大胆的假设，猜想有关神会和尚的资料只有日本和敦煌两地可以发现。因为唐朝时，日本派人来中国留学的很多，一定带回去不少史料。经过“小心的求证”，后来果然在日本找到宗密的《圆觉大疏抄》和《禅源诸诠集》，另外又在巴黎的国家图书馆及伦敦的大英博物馆发现数卷神会和尚的资料。知道神会和尚是湖北襄阳人，到洛阳、长安传布大乘佛法，并指陈当时的两京法祖三帝国师非禅宗嫡传，远在广东的六祖慧能才是真正禅宗一脉相传下来的。但是神会的这些指陈不为当时政府所取信，反而贬走神会。刚好那时发生安史之乱，唐玄宗远避四川，肃宗召郭子仪平乱，这时国家财政贫乏，军队饷银只好用度牒代替，如此必须要有一位高僧宣扬佛法，令人乐于接受度牒。神会和尚就担任了这项推行度牒的任务。

郭子仪收复两京（洛阳、长安），军饷的来源，不得不归功神会。安史之乱平了后，肃宗迎请神会入宫奉养，并且尊神会为禅宗七祖，所以神会是南宗的急先锋，北宗的毁灭者，新禅学的建立者，《坛经》的创作者，在中国佛教史上没有第二个人有这样伟大的功勋。我所研究的《神会和尚遗集》可望在明年由“中央研究院”历史语言研究所出版。

最后，根据我个人几十年来找书的经验，发现我们过去藏书的范围是偏狭的，过去收书的目标集中于收藏古董，小说之类绝不在藏书之列。但我们必须了解了解，真正收书的态度，是要无所不收的。

1959年12月27日

今日思想界的一个大弊病

现在有一些写文字的人最爱用整串的抽象名词，翻来覆去，就像变戏法的人搬弄他的“一个郎当，一个郎当，郎当一郎当”一样。他们有时候用一个抽象名词来替代许多事实；有时候又用一大串抽象名词来替代思想；有时候同一个名词用在一篇文章里可以有无数的不同的意义。我们这些受过一点严格的思想训练的人，每读这一类的文字，总觉得无法抓住作者说的是什么话，走的是什么思路，用的是什么证据。老实说，我们看不懂他们变的是什么掩眼法。

我试从我平日最敬爱的一个朋友陶希圣先生的《为什么否认现在的中国》一篇里引一些例子。

（1）在先，资本主义的支配还不大厉害的时候，中国人便想自己也来一番资本主义，去追上欧美列强。

我们试想“也来一番资本主义”这句话是不是可以替代庚子拳祸以前的一切变法维新的企图？设船厂，兴海军，兴教育，改科举，立制造局，翻译格致书籍，派遣留学生等等，这都可以用”也来一番资本主义”包括了！这不是用抽象名词代替许多事实吗？

（2）胡先生在过去与封建主义争斗的光荣，是我们最崇拜最愿崇拜的。

这里说的是我自己了。然而我搜索我半生的历史，我就不知道我曾有过“与封建主义争斗的光荣”。压根儿我就不知道这四十年的中国“封建主义”是个什么样子。所以陶先生如果说我曾提倡白话文，我没法子抵赖。他恭维我曾与封建主义争斗，我只好对他说“小人无罪”。如果我做过什么“争斗”，我打的是骈文律诗古文，是死的文字，是某种某种混沌的思想，是某些某些不科学的信仰，是某个某个不人道的制度。这些东西各有很长的历史，各有他的历史演变的事实，都是最具体的东西，都不能用一个抽象名词

（如“封建主义”）来解释他们，形容他们，或概括他们。即如骈文律诗，在中国古代封建制度的的确确存在的时代，何尝有骈文律诗的影子？骈文律诗起于比较很晚的时代，与封建主义何干？那个道地的封建制度之下，人们歌唱的（如国风）是白话，写的（如《论语》）也是白话。后来在一个统一的帝国之下，前一个时代的活文字渐渐僵死了，变成古文，被保留作统一帝国的交通工具，这与封建主义何干？又如我们所攻击的许多传统思想和信仰，绝大部分是两千年的长期印度化的产物，都不是中国古代封建制度之下原有的东西。把这些东西都归罪到“封建主义”一个名词，其错误等于说痨病由于痨病鬼，天花由于天花娘娘，自缢寻死由于吊死鬼寻替身！

以上的例子都是用一个抽象名词来替代许多具体的历史事实。这毛病是笼统，是混沌，是抹煞事实。

（3）没有殖民地，我们想象不到欧美的灿烂光华。

他们的灿烂光华是向殖民地推销商品和投下资本赚下来的。

（4）没有殖民地，资本主义便不能存在。

这样的推理，只是武断地把一串名词排成一个先后次序，把名词的先后次序替代了因果的关系。“没有殖民地，就没有了资本主义；没有了资本主义，就没有了欧美的灿烂光华。”多么简单干脆的推论！中国没有殖民地，中国就没有资本主义。德国的殖民地全被巴黎和约剥夺了，德国也就没有资本主义了，也就不会有灿烂光华了。明儿美国让菲律宾独立了，或者菲律宾和夏威夷群岛都被日本抢去了，美国的资本主义也就不能存在了。况且在三十六年前，美国压根儿就不曾有过一块殖民地，美国大概就没有资本主义了吧？大概也就没有什么“灿烂光华”了吧？这是史实吗？

以上的例子是用连串名词的排列来替代思想的层次，来冒充推理的程序。这毛病是懒惰，是武断。

（5）灿烂的个人自由的经济经营时代，至少是不能在中国再见的了。自由的旗帜高扬起来也是空的。有组织有计划的生产，自然与自由主义的思想不相容。不过，民主或自由的思想在中国虽然空得很，却有一些重大的使命。这是因为封建主义还有存在。在对抗封建主义的阵容一点上，民主与自由主义是能够叫动社会同情的。如果误解这种同情的到来，是说中国的文化必走上民主自由的十九世纪欧美式上，那便推论得太远了一点了。

这一段文章里用“自由”一个名词，凡有六次。第一个“自由”是经济的，是自由竞争的经济经营。第二个“自由”好像是指民国七、八年（1918—1919年）以来我们一班朋友主张的自由主义的人生观和要求思想言论自由的政治主张。第三个“自由”就不好懂了：明明说的是“自由主义的思想”，却又是和“有组织有计划的生产”不相容，又好像是指自由竞争的经济经营了。我们愚笨得很，只知道“自由主义的思想”和专制政治不相容，和野蛮黑暗的恶势力不相容；我们就没听见过它和“有组织有计划的生产”不相容。姑且不说大规模集中生产的资本主义也是“有组织有计划”的。试看看丹麦和其他北欧各国的各种生产合作制度，何尝不是“有组织有计划的生产”？又何尝与自由主义的思想不相容？所以这第三个“自由”当然还是第一次提到的自由竞争的经济经营。第四个“自由”又是指我们的思想言论自由的民治主张了。第五个“自由”也是如此。第六个“自由”的意义又特别扩大了，扩大到“十九世纪欧美式”的文化，这当然要包括自由竞争的经济制度和思想言论自由的政治要求等等了。

这里用“自由”六次，至少有三个不同的意义：（1）自由竞争的经济经营；（2）我们一班朋友要求思想言论自由的民治主张；（3）“十九世纪欧美式”的自由主义的文化。这三个广狭不同的意义，颠来倒去，忽下忽上，如变戏法的人抛起三个球，滚上滚下，使人眼睛都迷眩了，究竟看不清是一个球，还是三个球，还是五六个球。这样费大气力，变大花头，为的是什么呢？难道真是要叫读者眼光迷眩了，好相信胡适之不赞成“中国本位的文化建设”就是要“回转十九世纪欧美自由主义的路”，而“回转十九世纪欧美自由主义的路”就等于犯了主张资本主义的大罪恶！

这样的例子是滥用一个意义可广可狭的名词，忽而用其广义，忽而用其狭义，忽而又用其最广义。近人用“资本主义”“封建主义”等等名词，往往犯这种毛病。这毛病，无心犯的是粗心疏忽，有心犯的是舞文弄法。

这些例子所表示的，总名为“滥用名词”的思想作文方法。在思想上，它造成懒惰笼统的思想习惯；在文字上，它造成铿锵空洞的八股文章。这都是中国几千年的文字障的遗毒。古人的文字，谈空说有，说性谈天，主静主一，小部分都是“囊风囊雾”“捕风捉影”的名词变戏法。“色不异空，空不异色；色即是空，空即是色。”这是人人皆知的模范文体。“用而不有，即有真空，空而不无，玄知妙有。妙有则摩诃般若，真空则清静涅槃。般若无照，能照涅槃；涅槃无生，能生般若。”我们现在读这样的文字，当然会感觉这是用名词变戏法了。但我们现在读某位某位大师的名著，高谈着“封建主义时期”“商业资本主义时期”“落后资本主义时期”“亚细亚生产方式时期”“资本主义文化”“社会主义文化”“中国本位文化建设”“创造的综合”“奥伏赫变”“迎头赶上”……我们就不认得这也是搬弄名词的把戏了。

这种文字障，名词障，不是可以忽视的毛病。这是思想上的绝大障碍。名词是思想的一个重要工具。要使这个工具确当，用得有效，我们必须严格地戒约自己。第一，切不可乱用一个意义不曾分析清楚的抽象名词。（例如用“资本主义”，你得先告诉我，你心里想象的是你贵处的每月三分的高利贷，还是伦敦纽约的年息二厘五的银行放款。）第二，与其用抽象名词，宁可多列举具体的事实：事实容易使人明白，名词容易使人糊涂。第三，名词连串的排列，不能替代推理：推理是拿出证据来，不是搬出名词来。第四，凡用一个意义有广狭的名词，不可随时变换它的含义。第五，我们要记得唐朝庞居士临死时的两句格言：“但愿空诸所有，不可实诸所无。”本没有鬼，因为有了“大头鬼”“长脚鬼”等等鬼名词，就好像真有鬼了。滥造鬼名词的人自己必定遭鬼迷，不可不戒！

1935年5月27日

大众语在哪儿

自从一些作家提出了“大众语”的问题，常有朋友问我对这问题有什么意见。我对于这个问题只有一个小意见：请大家先做点大众语的作品出来，给我们看看。

在民国八年的八月里，我的朋友李辛白先生来对我说：“你们办的报是为大学中学的学生看的，你们说的话是老百姓看不懂的。我现在要办个报给老百姓看，名字就叫作‘新生活’。今天来找你，是要你给我的报作一篇短文章。老实说，这一篇是借你的名字来做广告的。以后我就不再请你作文章了：你们作的文章，老百姓看不懂。”

李辛白从前办过《安徽白话报》，他一生最喜欢办通俗小报；最近几年中，他在南京办了一个《老百姓》，现在不知道怎样了。

且说那一天，我答应了辛白的要求，就动手写一篇要给老百姓看的短文章。题目也是辛白出的：“新生活是什么？”我拿起笔来，才知道这个题目不好作，才知道这篇文章不容易写。（十五年后，我才得读国内贤豪的无数讲新生活的大文章，可惜都不能救济我十五年前的枯窘！）我勉强写成了一篇短文，删了又删，改了又改，足足费了我一个整天的工夫，才写定了一千多字，登在《新生活》的创刊号上。

这篇短文后来跑进了各种小学“国语”教科书里，初中“国语”教科书第一册也有选它的，要算是我的文章传播最广的一篇了。

我写了那篇文章之后，《新生活》杂志上就没有我的文字了。过了一年多，有一天我见着李辛白，我对他说：“我看了这一年的《新生活》，只觉得你们的文章越写越深了。你们当初嫌我不能做老百姓看的文章，所以我很想看看你们的文章，我好学学老百姓看得懂的文章应该怎么作。可是我等了一年，还没有看到一篇老百姓看得懂的文章。”辛白回答道：“糟极了！这一年之中，恐怕还只有你那篇文章是老百姓看得懂的！”

李辛白是提倡大众语文学的老祖宗。可是他办的报，尽管叫作《老百姓》，看的仍旧是中学堂里的学生，始终不会跑到老百姓的手里去。

那一次的一点经验，给了我不少的教训。后来又有一次经验，也是我忘记不了的。

民国二十二年的冬天，我在武汉大学讲演，同时在那边的客人有唐擘黄、杨金甫，还有几位，我记不清了。有一天，武汉大学的朋友说，山上的小学和幼稚园的小孩子要招待我们喝茶。我们很高兴地走到了那边，才知道那班小主人还要每个客人“说几句话”。这大概是武汉大学的朋友们布置下的促狭计策，要考考我们能不能向小孩子说话，能不能说幼稚园里的“大众语”！

提到演说，我可以算是久经大敌的老将了。我曾在加拿大和美国的联合广播台上向整个北美洲的人演说过，毫不觉得心慌。可是这一天我考落第了！那天我们都想用全副力量来说几句小孩子听得懂的话：想他们懂得我们的话和话里的意思。我说了一个故事，话是可以懂的，话里的意思（因为故事太深了）是他们不能完全了解的。我失败了，那一天只有杨金甫说的一个故事是全体小主人都听得懂，又都喜欢听的。别的客人都考了个不及格。

我说了这两次的经验，为的是要说明一个小小的意思。大众语不是在白话之外的一种特别语言文字。大众语只是一种技术，一种本领，只是那能够把白话做到最大多数人懂得的本领。

这种技术不光靠挑用简单明显的字眼语句，也不光靠能剽窃一两句方言土语。同是苏州人说苏州话，一样有个好懂和不好懂的分别。这种技术的高低，全看我们对于所谓“大众”的同情心的厚薄。凡是说话作文能叫人了解的人，都是富于同情心，能细心体贴他的听众（或读者）的。“体贴”就是艳词里说的“换我心为你心”；就是时时刻刻想到对面听话的人哪一个字听不懂，哪一句话不容易明白。能这样体贴人，自然能说听众懂得的话，自然能作读者懂得的文。

英国科学大家赫胥黎最会作通俗的科学讲演，他能对一大群工人作科学讲演。他自己说他最得力于科学前辈法拉第的一句话。有人问法拉第：“你讲演科学的时候，你能假定听众对于你讲的题目先有了多少知识？”法拉第回答：“我假定他们全不知道。”这就是体贴的态度。我们必须先想象这班听众全不知道我要对他们说的题目，方才能够细心体会用什么法子，选什么字句，才可以叫那些最没有根底的人也能明白我要说的话。能够体贴到听众里面程度最低的一个人，然后能说大众全听得懂的话。

现在许多空谈大众语的人，自己就不会说大众的话，不会作大众的文，偏要怪白话不大众化，这真是不会写字怪笔秃了。白话本来是大众的话，绝没有不可以回到大众去的道理。时下文人作的文字所以不能大众化，只是因为他们从来就没有想到大众的存在。因为他们心里眼里全没有大众，所以他们乱用文言的陈语套语，滥用许多不曾分析过的新名词；文法是不中不西的，语气是不文不白的；翻译是硬译，作文章是懒作。他们本来就没有学会说白话，做白话，怪不得白话到了他们的手里就不肯听他们的指挥了。这样嘴里有大众而心里从来不肯体贴大众的人，就是真肯“到民间去”，他们也学不会说大众话的。

所以我说：大众语不是一个语言文字的问题，只是一个技术的问题。提倡大众语的人，都应该先训练自己作一种最大多数人看得懂，听得懂的文章。“看得懂”是为识字的大众着想的；“听得懂”是为不识字的大众着想的。我们如果真有心作大众语的文章，最好的训练是时时想象自己站在无线电发音机面前，向那绝大多数的农村老百姓说话，要字字句句他们都听得懂。用一个字，不要忘了大众；造一句句子，不要忘了大众；说一个比喻，不要忘了大众。这样训练的结果，自然是大众语了。

1934年9月4日